ラストで君は「まさか!」と言う

たったひとつの嘘《うそ》

PHP

あなたは嘘《うそ》をついたことはありますか？

友だちから遊びに誘《さそ》われた時、本当は「気分が乗らないから行きたくない」のだとしても「家の用事があるからダメなの。また今度誘《さそ》ってね」と言ったりしていませんか。

誘《さそ》ってくれた友だちの好意をムダにしないように、なるべく友だちが傷《きず》つかないように、と相手のためを思って嘘《うそ》をつくことは決して悪いことではありません。

本当と嘘《うそ》を織《お》り交《ま》ぜてうまく話すことは、生きていくうえで必要なスキルとも言えます。

では嘘《うそ》はつき放題でよいかというと決してそうではありません。

当然、悪い嘘《うそ》もあります。

人類で最初に嘘《うそ》をついたのは旧約聖書《きゅうやくせいしょ》に出てくるアダムとイブの息子、カインだと言われています。カインは弟のアベルを殺し、神にアベルの行方《ゆくえ》を尋《たず》ねられた時「知りません」と答えました。これは人類史上初の嘘《うそ》にまつわる話であると同時に、人類史上初の殺人の話でもあります。

人類初の「嘘《うそ》」と「殺人」がセットだなんて、やはり嘘《うそ》には悪の香《かお》りがつきまといますね。

ちなみに嘘《うそ》は辞書を見ると「事実ではないこと」だと書かれています。つまり広い意味では「フィクション＝つくり話」はすべて嘘《うそ》ということになります。


この本に収録《しゅうろく》されている二十五の短い物語にはたくさんの嘘《うそ》が登場します。

最初から嘘《うそ》をつく気満々の人、成りゆきで思わず嘘《うそ》をついてしまった人、嘘《うそ》をつかれているのに気づかない人、マネをしてもよさそうな嘘《うそ》からぜったい参考にしてはいけない嘘《うそ》まで盛《も》りだくさんです。

あなたは嘘《うそ》を見破《みやぶ》ることができるでしょうか？

あなたが主人公と同じ立場になったら、もっといい嘘《うそ》をつけるか、あるいはもっとうまくだまされるか、考えてみてくださいね。

もくじ

contents

●執筆担当

萩原弓佳（p.2～3、8～16、27～31、55～59、84～87、104～107、130～139、166～171）
ささき あり（p.17～20、68～73、96～103、116～120、156～165、172～181）
たかはし みか（p.21～26、32～39、48～54、74～83、121～129、148～155）
木野 誠太郎（p.40～47、60～67、88～95、108～115、140～147、182～191）

塾《じゅく》での秘《ひ》密《みつ》

高校二年生の垣根《かきね》光莉《ひかり》は高校では友だちがいない。消極的な性格《せいかく》すぎて、自分から他人に話しかけられないでいるうちに、教室ではひとりですごすようになっていた。

そのかわり塾《じゅく》は楽しかった。光莉《ひかり》の自宅《じたく》からも高校からも遠かったが、少人数制で光《ひか》莉《り》以外はみんな近くの高校の生徒だ。だからみんな珍《めずら》しがって光莉《ひかり》をかまってくれ、光《ひか》莉《り》も自然体で話すことができた。

ここでは高校での光莉《ひかり》を知っている人はいないので、嘘《うそ》をついてもバレない。光莉《ひかり》は嘘《うそ》をつくつもりはなかったが、訂正《ていせい》しそびれていることがひとつある。

「光莉《ひかり》の親友ってさ、成績《せいせき》は光莉《ひかり》と同じくらいなの？」

「う？　うん。まあ、大体……」

「いいなあ。私《わたし》のグループは私《わたし》以外、み～んなかしこくてさ……。学校の特別講習《こうしゅう》でひとりだけ別のクラスになりそうなんだよね」

「あ、あるよね、そういうこと……」

光莉《ひかり》は、照れ笑いに見えるような苦笑いをした。

以前高校のクラスメイトたちがおしゃべりしていた内容《ないよう》を塾《じゅく》で話したところ「光莉《ひかり》自身の会話」と勘違《かんちが》いされ「光莉《ひかり》は学校に親友がいる」ことになってしまった。本当は学校に親友なんていない。親友どころか友だちもいないのに。

最初こそ心苦しく感じていたがバレにくい環境《かんきょう》だったこともあって、しばらくするとすっかり平気になってしまった。


ある日、塾《じゅく》に新しい生徒が入ってくることになった。

初日、光莉《ひかり》たちが入口に注目していると、教室に入ってきたのはローズピンクのレースがいっぱいのワンピースを着たロリータファッションの女の子だった。

「菅原楓《すがわらかえで》です」

「菅原楓《すがわらかえで》⁉　まさか！」

光莉《ひかり》は思わず声が出てしまった。同じクラスに同姓《どうせい》同名の子がいる。しかし学校にいる菅原楓《すがわらかえで》はロングの黒髪《くろかみ》をツヤツヤさせた純和風《じゅんわふう》な雰囲気《ふんいき》の持ち主である。清楚《せいそ》なお嬢《じょう》さまといった印象で、とてもロリータファッションが好きなようには見えない。

目が合った。向こうもびっくりした顔をしている。

「ええっ、もしかして光莉《ひかり》と同じ高校の子？」

隣《となり》の瑚々奈《ここな》が興味《きょうみ》深そうに尋《たず》ねるので、光莉《ひかり》はあいまいにうなずいた。

配られた問題をときながら光莉《ひかり》は楓《かえで》を盗《ぬす》み見《み》る。楓《かえで》は居心地《いごこち》が悪そうで、光莉《ひかり》のほうを見ようとしない。

（やっぱり菅原楓《すがわらかえで》だ。ふーん、あの格好《かっこう》じゃあ学校近くの塾《じゅく》には行けないよねぇ）

しかし光莉《ひかり》に余裕《よゆう》があるのも次の休み時間までだった。瑚々奈《ここな》が楓《かえで》に話しかける。

「ねえ、菅原《すがわら》さん、光莉《ひかり》と同じ高校なの？」

「う……うん」

「ねえねえ、光莉《ひかり》の親友ってどんな子か知ってる？」

「ちょっ！　瑚々奈《ここな》！　あのっ！」

光莉《ひかり》の額《ひたい》に冷《ひ》や汗《あせ》が流れる。

（しまった！　〝ぼっち〟なのがバレる！）

「光莉《ひかり》の親友？」

楓《かえで》がゆっくり光莉《ひかり》を見る。どう答えるか考えているようだ。楓《かえで》と光莉《ひかり》の目が合う。

光莉《ひかり》はとっさにスマホを出して、楓《かえで》の写真を撮《と》った。

「ちょっと、何するの！」

楓《かえで》があわてて立ち上がる。動揺《どうよう》している。光莉《ひかり》はほほ笑《え》んだ。

「あまりにかわいいお洋服だから参考にしようと思って。安心して、他の人に見せたりはしないから」

楓《かえで》は一秒ほど光莉《ひかり》を見つめたというかにらんだあと「おたがい秘《ひ》密《みつ》ってことでいいわ

ね」と小声で言い、笑顔で瑚々奈《ここな》に向き直った。

「光莉《ひかり》の親友は……それはそれは……かわいい子よ」

「へえー、その子が手の込《こ》んだお弁当《べんとう》を自分でつくってるって本当？」

「……うん、料理は上手《じょうず》みたい。とってもいい子よ」

そのあとも楓《かえで》はすらすらと光莉《ひかり》のエア親友について瑚々奈《ここな》の質問《しつもん》に答えた。

（危《あぶ》なかった……。塾《じゅく》でも居場所《いばしょ》がなくなるところだった）


翌日《よくじつ》から光莉《ひかり》と楓《かえで》の「おたがいの秘密《ひみつ》はもらさないが仲良くもない日々」がはじまった。学校での楓《かえで》はまっすぐおろした黒髪《くろかみ》に紺色《こんいろ》ブレザーの制服《せいふく》をビシッと着こなし、真面目《まじめ》で硬《かた》いオーラを放っている。

トイレなどで偶然《ぐうぜん》ふたりきりになると、楓《かえで》は嫌味《いやみ》たっぷりに光莉《ひかり》に声をかける。

「あらひとり？　親友さんはどうしたの？」

最初は動揺《どうよう》していた光莉《ひかり》も（私《わたし》だって楓《かえで》の弱味を握《にぎ》っているんだから）と、

「クラスの連絡網《れんらくもう》に写真添付《てんぷ》しちゃおうかな」

強気にスマホを操作《そうさ》するフリをするようになった。

一転、塾《じゅく》での楓《かえで》はロリータファッションが似合《にあ》う可憐《かれん》な少女だ。瑚々奈《ここな》たちと写真アプリでおたがいを撮《と》って見せ合ったりしている。みんなの前では光莉《ひかり》にも優《やさ》しい。

（まるで二重人格《じんかく》みたい）

ある時、塾《じゅく》の帰り道、たまたま楓《かえで》とふたりになったので光莉《ひかり》は思い切って尋《たず》ねた。

「どうして塾《じゅく》ではそんな格好《かっこう》してるの？　性格《せいかく》も全然ちがうし」

「私《わたし》の勝手でしょう。放っといてよ」

「嫌味《いやみ》じゃないの。本当に疑問《ぎもん》に思ったから聞いてるのよ」

「……こっちのほうが本当の私《わたし》。でも気づいた時には学校でのキャラは固定してて、今さら急に変えられない。それだけよ」

「ああ、わかる気がする」

「あんたこそ、どうして学校でしゃべらないのよ。いつもじとーっと暗くてさ。あれ、好きでやってるの？」

「そんなわけないでしょう。あなたと同じよ。昨日《きのう》まで黙《だま》ってたのに今日急に話し出したら変でしょう？　翌日《よくじつ》になったらまた同じ。昨日《きのう》は黙《だま》ってたし……って考えるの。それをくり返している間に月日だけがどんどんすぎていって今に至《いた》る。それだけよ」

「ふーん」

その後ふたりは黙《だま》って歩いていたが、光莉《ひかり》は楓《かえで》も自分と同じように（私《わたし》たち案外似《に》た者同士かもしれないな）と考えているような気がした。


数日後、学校で数学の授業《じゅぎょう》が自習になった。プリントが配られる。

みんなが好きな者同士集まろうと席を移動しはじめるなか、楓《かえで》が光莉《ひかり》を呼《よ》んだ。

「光莉《ひかり》、こっち来て」

教室で声をかけられるのは初めてなので、光莉《ひかり》がおどろいて振《ふ》り向《む》くと、他の生徒も不思議《ふしぎ》そうに楓《かえで》を見る。

「この子、数学はできるのよ。英語はバカだけど」

急にバカと言われて、光莉《ひかり》は思わず言い返した。

「バカってことはないでしょう。そりゃちょっと楓《かえで》のほうができるかもしれないけど」

「ああ、生物もバカだっけ?」

「あのね、小学生男子じゃあるまいしバカバカ言わないでよ。それなら楓《かえで》の数学なんて大バカじゃないの」

そばにいた男子が笑い出した。

「垣根《かきね》ってこんな風にしゃべるんだな。今までネコかぶってたのかよ」

「えっ! あっ! これはちがうの、楓《かえで》が、楓《かえで》が!」

「仲いいんだな、おまえたち」

そのあとはみんなに数学について尋《たず》ねられ、夢中《むちゅう》で答えているうちに、塾《じゅく》と同じように気安く話せるようになっていた。

「ねえ楓《かえで》、さっきのあれ、もしかして私《わたし》のためにわざと?」

「なんのこと？　知らないわ」

光莉《ひかり》の顔を見ないで答える楓《かえで》の頬《ほお》は赤い。その横顔を光莉《ひかり》は（塾《じゅく》にいる時の楓《かえで》みたいでかわいい）と思った。

それ以来、光莉《ひかり》と楓《かえで》は学校でも塾《じゅく》でも常《つね》に一緒《いっしょ》にすごすようになった。

塾《じゅく》で瑚々奈《ここな》が光莉《ひかり》たちの高校の文化祭のパンフレットを見る。

「文化祭、遊びにいったら光莉《ひかり》の親友に会える？」

楓《かえで》が自分を指さした。

「もう会ってるよ。それ、私《わたし》のことだから」

「えー！　光莉《ひかり》の親友のこと、すごくいい子とか、かわいいとかほめてなかった？」

「だって本当のことだもの」

瑚々奈《ここな》がたしかめるように光莉《ひかり》を見る。

「うん。楓《かえで》は嘘《うそ》は言ってない。ちょっとほめすぎだけどね」

ああ、どうも

朝、幸太郎《こうたろう》が駅の改札を出ると、向かいから来た男性《だんせい》と目が合った。

あれ？　あの人、知っている気がする。でも、だれだっけ？

コピー機器の営業《えいぎょう》をしている幸太郎《こうたろう》にとって、会った人の顔を覚えるのも仕事のうち。ちょっとした会話が、次の販売《はんばい》につながることもあるからだ。

男性《だんせい》がだれかは思い出せないが、無視《むし》するのは感じが悪く見えるだろう。

とりあえず、あいさつをしておくか。

「どうも……、おはようございます」

幸太郎《こうたろう》が歩みを止めて会釈《えしゃく》をすると、相手も軽く頭を下げた。

「ああ、どうも」

やっぱり、知り合いか。失礼のないよう、当たり障《さわ》りのない会話をしないと……。

「今日は、あたたかくていいですね」

幸太郎《こうたろう》がほほ笑《え》むと、男性《だんせい》は苦笑いした。

「ええ。おとといの大雪には参《まい》りました。まさか駅が入場規制《きせい》になるなんて、思いもしませんでしたよ」

二日前、大雪により早めの退社命令《たいしゃ》を出した会社が多くあったため、帰宅《きたく》する人で駅はあふれかえり、入場規制《きせい》がかかった。規制《きせい》されたのは、都内ではこの駅とほか三駅だったはず。ということは、いつもこの駅を利用している人だろうか。

この駅が最寄《もよ》り駅の会社で、幸太郎《こうたろう》が行ったことのある会社は数社。そのなかの社員だとしたら、だれだろう。これから電車に乗ろうとしているのだから、営業職《えいぎょうしょく》か？

幸太郎《こうたろう》はそれとなく、探《さぐ》りを入れることにした。

「外まわりは、大変ですよねえ」

男性《だんせい》がうなずいた。

「そうですね、大変でしょうね」

ん？　まるでひとごとのような言い方。はずれだ、営業職《えいぎょうしょく》じゃない。

幸太郎《こうたろう》は内心ヒヤヒヤしながら、相づちを打った。

「え、ええ。私《わたし》のような外まわりの仕事だと、交通の乱《みだ》れは困《こま》ります」

「そうでしょうね……」

男性《だんせい》が、遠慮《えんりょ》がちにうなずく。

営業職《えいぎょうしょく》じゃないとすると、なんだろう。

幸太郎《こうたろう》が次の言葉を考えていると、男性《だんせい》が言った。

「この前、田中《たなか》さんに会いましたよ」

た、田中《たなか》さん!?

幸太郎《こうたろう》は顔には出さなかったものの、内心あわてた。

幸太郎《こうたろう》が知っている田中《たなか》さんは三人いる。商社受付の田中《たなか》さんと、食品輸入《ゆにゅう》会社の田《た》中《なか》さん、それに通信会社の田中《たなか》さんだ。

ここは流したほうがいいと判断《はんだん》し、幸太郎《こうたろう》はにこやかに答えた。

「そうですか。私《わたし》はしばらくお会いしていませんが、お元気でしたか？」

「ええ……」

その時、幸太郎《こうたろう》のポケットでスマホが振動《しんどう》した。着信の知らせだ。

ナイスタイミング！　この気まずさからのがれられる。

幸太郎《こうたろう》は「失礼」と会釈《えしゃく》して、スマホを耳に当てながら壁側《かべがわ》に寄《よ》った。

男性《だんせい》も「では」と会釈《えしゃく》して、改札に入る。

男性《だんせい》は歩きながら考えた。

あいつ、だれだろう？　窃盗犯《せっとうはん》グループのひとりに似《に》ていると思ったが、グループのリーダー格《かく》である田中《たなか》の名前を出しても動じなかった。夜勤《やきん》明けで、オレの勘《かん》が鈍《にぶ》っているのかもしれないな……。

刑事《けいじ》の男性《だんせい》はホーム行きのエスカレーターに乗りながら、ふわあぁ～と、大きなあくびをした。

ウラハラ

「私《わたし》、一年の時からずっと、宮本《みやもと》クンのことが好きだったんだ」

ツンと鼻をつく薬品臭《やくひんしゅう》がただよう、とある理系大学の午後の研究室。部屋にふたりきりになったのを何度も確認《かくにん》して、アスカはついに告白した。

しかし、クールな理系男子の代表みたいな宮本《みやもと》クンは、眉《まゆ》ひとつ動かさないで、

「そう。でも、ぼくはきみのこと好きじゃないな」

とだけ言い、研究室をあとにしたのだ。

宮本《みやもと》クンのシャキッと伸《の》びた背中《せなか》。

初めて会った時、猫背《ねこぜ》のアスカは、自分とは正反対の彼《かれ》のまっすぐな背中《せなか》に心ひかれた。

その背中《せなか》がぐんぐん遠くなる。アスカは下唇《したくちびる》をぐっとかみしめた。

やっぱり、そうだよね。私《わたし》なんか……。

「ハロー」

のんきな声がして、チナツが入ってきた。

「あれ、アスカじゃん。どうしたの？　暗い顔して」

「うん、実は……」

アスカの話を聞いたチナツは、

「そうだよね。アスカ、相当好きだったもんね」

と神妙《しんみょう》な顔つきになった。

励《はげ》ましの言葉を探《さが》して、ぼんやりと研究室を見渡《みわた》しているうち、チナツは急に何かを思いついて目をかがやかせた。

「アスカ、まだあきらめちゃダメ！　これは、ひょっとしたら、ひょっとするよ！」

「なんで？　慰《なぐさ》めようとして、変な期待させないでよ」

「これを見て！」

チナツが指さしたのは、テーブルの上に置かれたミネラルウォーターのペットボトルと、プラスチックのカップだった。

「アスカに告白される前、宮本《みやもと》クンはこのペットボトルの液体《えきたい》を、カップに注いで飲んでいなかった？」

「たしか研究室へ来てすぐに何か飲んでいたような……。でも、液体《えきたい》ってただの水でしょ？　教授《きょうじゅ》が買ってきたのが冷蔵庫《れいぞうこ》に入っていて、いつもみんな飲んでいるじゃない」

「それが、今日はただの水じゃなかったのよ！」

チナツは得意そうに、ペットボトルの側面をアスカの目の前につきつけた。

よく見ると、ラベルのところにピンクのマジックで♡《ハート》マークが書いてある。

「なあに、これ」

「これ、私《わたし》がつけたマーク。入れ物がなくて、ミネラルウォーターのペットボトルに入れたけど、中身はただの水じゃないの。でも、無味無臭《むみむしゅう》だから、飲んだ人は水だと思うだろうけど」

「それで、これがいったい何なの？」

「ホレ薬！」

「えっ⁉」

「と言いたいところだけど、実は失敗しちゃって……」

実験オタクのチナツが言うには、ホレ薬をつくろうとしたけどうまくいかず、飲むと好きな人に向かって「好きじゃない」と嘘《うそ》をついてしまう薬ができたらしい。

「だから、宮本《みやもと》クンがこれを飲んだあとにアスカに告白されて、『きみのこと好きじゃない』って言ったのなら、アスカにもまだ可能性《かのうせい》があるってわけ」

「うーん、そんなことあるかなあ」

アスカは困惑《こんわく》した。

でも、告白した時の宮本《みやもと》クンの態度《たいど》は、あまりにそっけなかった気もする。それも、もしかしたら薬のせい？

「ああ、もうっ！　なんでそんなややこしい薬を置いておくのよ。ちょっと期待しちゃうじゃない」

「処分《しょぶん》しようと思ってた時に、バイト先から電話がかかってきて忘《わす》れてたの。大丈夫《だいじょうぶ》、人体には無害だよ」

「でも、宮本《みやもと》クンが飲んでいたのは、本当にこれだったのかな？」

アスカは必死に記《き》憶《おく》の糸をたぐりよせようとした。しかし、ふたりきりになったら告白する！　という考えで頭がいっぱいで、正直そんなことには気がまわらなかったから、どうにも思い出せない。

「量が減《へ》ってるし、だれかが飲んだことはまちがいないわ」

「そうだとしても、そのだれかが彼《かれ》とは限《かぎ》らないよね？」

「そうだね。本人にたしかめるのが一番早そう。私《わたし》がたしかめてくるよ」

チナツがそう言った時、研究室に白山教授《しらやまきょうじゅ》が入ってきた。

「こんにちは」

「おお、きみたちか」

教授《きょうじゅ》はそう言いながら、例のプラスチックのコップを手に取った。

「おや、ここにペットボトルがあったはずだが……」

「え？　もしかして、これですか？」

チナツが例のペットボトルを見せると、教授《きょうじゅ》は、

「ああ、そうそう。さっき飲みかけていたんだ」

と言ってふたりのほうへ歩《あゆ》み寄《よ》ってきた。

ところが、アスカの顔を近くで見ると、突然《とつぜん》、

「私《わたし》は、きみのことなんて好きじゃないぞ！」

と言い出したのだ。それも何回も……。そのくせ、言葉とはウラハラに頬《ほお》を赤らめている。

アスカとチナツは顔を見合わせ、苦笑いを浮《う》かべた。

ちなみに白山教授《しらやまきょうじゅ》は今年で六十五歳《さい》。学生たちに陰《かげ》で「おじいちゃん」と呼《よ》ばれている。

ダウジング

アメリカ西部、ネバダ砂漠《さばく》を一台の幌馬車《ほろばしゃ》が走っていた。

運転台には大富豪《だいふごう》プラントン氏に呼《よ》ばれて彼《かれ》の屋敷《やしき》へ向かうグルーン・グルが座《すわ》る。

《見事金脈を見つけた者には、毎年産出量の一％《パーセント》にあたる金を贈呈《ぞうてい》する》

自分の広大な領地《りょうち》の中で金脈を探《さが》したいプラントン氏が招待《しょうたい》したのは三人。占《うらな》い師《し》のデヴィンと、魔術師《まじゅつし》のマーリ、そしてダウジングをするダウザーのグルーン・グルだ。

調査《ちょうさ》を開始する前夜、プラントン氏の館《やかた》に到着《とうちゃく》した三人を歓迎《かんげい》する宴《うたげ》が開かれた。

「ダウジングって何をするの？」

プラントン氏の娘《むすめ》、ミシェルは興味津々《きょうみしんしん》でグルーンに話しかける。

グルーンは折れ曲がった細い棒《ぼう》を二本取り出すと曲がった棒《ぼう》の短いほうを持った。

「こうやって棒《ぼう》の揺《ゆ》れを感じて、地面の波動《はどう》をキャッチするのですよ」

「インチキくさいわね」

「何をおっしゃる！　ダウジングは真実を見つけることができるすばらしい手法です」

「本当に真実なんてわかるの？　イカサマじゃなくって？」

そこへプラントン夫妻《ふさい》がやってきた。

「こらミシェル、ダウザー本人に向かってイカサマはないだろう」

「あらパパ、じゃあパパは本気で信じているの？」

「まあ、完全に信じているかと言われると……難《むずか》しいところだがね」

グルーンはプラントン夫人に向かって言った。

「では証拠《しょうこ》をお見せしましょう。そうですね……旦那《だんな》さまの秘密《ひみつ》を探《さぐ》ってみましょうか？」

「まあ、ぜひお願いしますわ」

グルーンはプラントン氏にダウジングの棒《ぼう》を持たせた。

「プラントンさん、あなたの秘密《ひみつ》は書斎《しょさい》にありますか？」

棒《ぼう》は揺《ゆ》れない。グルーンは質問《しつもん》を続ける。

「では地下ですか？」棒《ぼう》は小さく揺《ゆ》れた。

「それは個人的な秘密《ひみつ》ですか？」棒《ぼう》は止まったまま。

「では事業に関する秘密《ひみつ》？　お金ですか？」棒《ぼう》は再《ふたた》び揺《ゆ》れる。

「お金か……、地下にお金といえば……金庫があるのかな？」

「待て待て……」棒《ぼう》が左右に動き、プラントン氏の額《ひたい》に汗《あせ》がにじむ。

グルーンは続けた。

「お金持ちのあなたのことだ、きっと最新のダイヤル式金庫があるんでしょう」

「くっ！」プラントン氏がうろたえると、棒《ぼう》は大きく躍《おど》り出《だ》す。

「きっとダイヤルの番号は奥《おく》さまの誕生日《たんじょうび》ですね」棒《ぼう》はじっとしている。

夫人が金切り声をあげた。

「あなた！　まさかアンナの誕生日《たんじょうび》じゃないでしょうね」

「ちがう。うそだ！　うそっぱちだ」

プラントン氏は棒《ぼう》を投げ捨《す》てると怒《おこ》りながら部屋を出て行った。

「アンナとは？」

「主人の初恋《はつこい》の相手ですわ。憎《にく》らしい」

プラントン夫人も不愉快《ふゆかい》そうに去っていく。ミシェルがため息をついた。

「両親のケンカの種をつくったのは癪《しゃく》だけど、ダウジングは信頼《しんらい》できそうね。明日は期待しているわ」


翌日《よくじつ》、占《うらな》い師《し》と魔術師《まじゅつし》が出かけるころ、すでにグルーンはいなかった。三人は今日一日好きな場所を探《さが》し、一番早く金脈を探《さが》した者が勝ちということになっている。

しかし夕方、占《うらな》い師《し》も魔術師《まじゅつし》も金脈を見つけられずに戻《もど》ってきた。

その時になって初めてプラントン氏たちは昨夜からだれもグルーンを見ていないことに気がついた。

「グルーンは？　途中《とちゅう》であきらめて逃《に》げ出《だ》したのか？」

そこへ執事《しつじ》が走ってきた。

「ご主人さま、大変です。地下の金庫が空っぽです」

プラントン氏があわてて地下に降《お》りてみると、金庫は開けられ中の大金は消えていた。

「そんな……金庫は壊《こわ》されていない。ダイヤルナンバーを知っていたのか！」

「パパ！　まさかアンナの誕生日《たんじょうび》をどこかに書き記していたんじゃないでしょうね！」

そのころ砂漠《さばく》を走る幌馬車《ほろばしゃ》の中、グルーンはひとりで大笑いしていた。

「ダウジングは人間が無意識《むいしき》に起こす筋肉《きんにく》の動きをキャッチする。だから地中の金脈なんてわかるはずがない。ダウジングが見つけられるのは人の嘘《うそ》や隠《かく》しごとだけ。最初から金庫狙《ねら》いだったのにプラントン氏は気づきもしない。今回の仕事は楽勝だったな。ま、これはプラントン夫人のために、捨《す》ててあげよう」

グルーンはプラントン氏の寝室《しんしつ》から盗《ぬす》んだアンナとの思い出が書かれた日記帳を、走る幌馬車《ほろばしゃ》から砂漠《さばく》へ放り投げた。

ジョンのしっぽ

「スズ、そんなところで寝《ね》たら、また風邪《かぜ》ひくよ」

そんな声が聞こえた気がして、スズははっと起き上がった。

宿題をしているうちに睡魔《すいま》におそわれ、耐《た》えきれずに机《つくえ》につっぷして眠《ねむ》っていたのだ。

「うーん」

立ち上がり、大きく伸《の》びをしてから、あたりを見まわす。

そういえば、さっきのだれの声？

部屋のはしに置いてあるベッドで、ジョンが丸くなっている。もうだいぶ歳《とし》をとった、雑種《ざっしゅ》の中型犬《ちゅうがたけん》だ。スズが幼稚園生《ようちえんせい》のころ、祖父《そふ》が生まれたばかりの子犬を拾ってきたのだ。五年前に祖父《そふ》が亡《な》くなってからは、ジョンの一番の仲良しはスズになった。

「夢《ゆめ》か……。ジョンがしゃべったのかと思った」

スズは笑いながら、ジョンの頭をなでた。ジョンは顔を上げてスズを見ている。

「ぼくだよ。さっきしゃべったの」

「えっ？　なに？　やだ、だれかいるの？」

スズはやや混乱《こんらん》しながら、クローゼットの扉《とびら》をそーっと開けて中をのぞき込《こ》んだ。

「だれもいないよ。ぼくがスズの頭の中に、話しかけてるの」

「ええ――――っ!?」

スズは両手でジョンのあごを包んだ。ジョンは、うなずくようにゆっくりとまばたきをした。

「うそ！　すごい、すごい！　じゃあ、これからはジョンと話せるのね？　なんで突然《とつぜん》話せるようになったのかはわからないけど。そうでしょ？」

「うん」

「キャーッ！　マンガみたい！」

スズは幼《おさな》いころからずっと、毎日ジョンに話しかけてきた。学校のこと、友だちのこと、家族のこと。散歩に出かけてジョンと自分だけになると、ほかのだれにも言えなかった気持ちをジョンにだけは打ち明けることができた。

ジョンはいつも黙《だま》って聞いてくれた。そういう時、ジョンはいつもスズの体のどこかに、自分のしっぽをくっつけてくる。言葉が返ってくることはなかったけど、触《ふ》れたしっぽから「ちゃんと聞いてるよ」っていうジョンの気持ちが伝わってくるようで、いつも涙《なみだ》があふれてきた。その涙《なみだ》を、ジョンはペロリとなめてくれるのだった。

そんなジョンが、返事をしてくれるなんて！

「言葉を交わさなくたって、ぼくたち、心は通じてたでしょ？」

「そうね。そんな気もするけど、ジョンに聞いてみたいこと、たくさんあったんだよ。ねぇ、聞いてもいい？」

その夜、スズとジョンは、おたがい疲《つか》れて眠《ねむ》るまで、さまざまな話に花を咲《さ》かせたのだった。

「ねえ、ママ。それ、ジョンがあんまり好きじゃないって」

「えっ？」

いつもの老犬《ろうけん》用のドッグフードをお皿に開けかけていたスズの母は、手を止めて娘《むすめ》の顔をじっと見た。

「何言ってるの。ジョンに聞いたわけでもあるまいし」

「ジョンが言ったんだよ。わたしには聞こえるんだもん」

「おいしくなくても食べなくちゃ。ジョンは病気なのよ。わかってるでしょ？」

スズは口をつぐんだ。そう、まだジョンと話せるようになる前、獣医《じゅうい》さんへ連れていった時に言われたのだ。ジョンは高齢《こうれい》なうえ、病気にかかっていること。すでに手術《しゅじゅつ》などで完治する見込《みこ》みはなくて、あと数か月の命であること。

あと数か月……。

小さいころから当たり前みたいにすごしてきたジョンとの日々が、あと数か月で終わってしまうなんて。しかも、せっかくジョンと話せるようになったというのに。

「交渉決裂《こうしょうけつれつ》！」

スズはわざと勢《いきお》いよくそう言いながら、ジョンが待つ自分の部屋へと入っていった。

「ママ、ダメだって？」

「うん。ジョンには長生きして欲《ほ》しいからね。我慢《がまん》して食べてよ」

「ぼくは犬だからね。人間のように長くは生きられないよ」

「そんなこと言わないで。先月の検診《けんしん》だって、歳《とし》はとってるけど、とても健康だって先生が言ってたもの！」

スズはとっさに嘘《うそ》をついてしまった。

「ほんとに？」

「そうよ。ジョンには長生きしてもらわないと、わたしが困《こま》っちゃう。ね？」

「そりゃ、できるものならしたいけどさ……」

次の日から、ジョンは最近残しがちだったごはんを全部たいらげるようになった。そのせいか、散歩の時も、いつもより長く歩けるようになった気がする。

なんだか毎日少しずつ元気になっていくようだ。

（もしかしたら、このまま、元気になってくれるかも。あと数か月なんて言わないで、来年も再来年《さらいねん》もジョンと一緒《いっしょ》にいたい）

スズは強く願った。


ジョンと話せるようになってから、一年近い月日がすぎたある夜。

ふと目を覚《さ》ましたスズは、横になったままのジョンの息づかいが、あらあらしいことに気づいて飛び起きた。

「ジョン、苦しいの？」

ジョンは横たわったまま、うっすらと目を開けてスズのほうを見た。

「スズ、ごめんね。ぼく、スズにずっと嘘《うそ》をついてたんだ」

頭の中に、すっかり弱々しくなったジョンの声が届《とど》く。

「なに、謝《あやま》ってるの？　嘘《うそ》って？」

「うん。ほんとはぼく、長くてもあと一年しか生きられないって知ってたんだ。ある晩《ばん》、スズのおじいちゃんが現《あらわ》れて、そう教えてくれた」

「おじいちゃんって、うちのおじいちゃん？」

「そう。スズはおじいちゃんっ子だったから、おじいちゃんはとても心配していたよ。スズはいつも言いたいことを我慢《がまん》してるって。ぼくがいつもスズの話を聞いてあげてたから、おじいちゃんはお礼に一年間だけ、ぼくの願い事を叶《かな》えてくれるって言ったんだ。ぼくの一番の願い事。それは、スズの話を聞いて返事をすることだった」

スズは、ジョンの背中《せなか》にそっと触《ふ》れながらジョンの話を聞いた。ちょうど、ジョンがしっぽをくっつけていたのと同じように。涙《なみだ》があとからあとから流れてきた。

「ぼくは毎日、お別れが近づいていることをスズに言おう言おうと思っていたんだけど、結局今日まで言えなかった。ぼくはスズの笑った顔が一番好きだったから。ごめんね、スズ。ねぇ、泣かないで。泣いてるとブスだよ。ほら、笑って」

「ブスって……もう、ひどい！」

スズは涙《なみだ》を流したまま、思い切り笑った。その顔を見て、ジョンは安心したように大きくひとつ息をはいた。

「これからもぼく、ちゃんとお話、聞いているからね。いっぱい話しかけてね」

「うん。たくさん話しかけるよ、ジョン！　ジョン、ありがとう！」

そして、ジョンは動かなくなった。

（ジョン、健康だなんて嘘《うそ》をついていたのは、わたしも同じだよ。ごめんね）

ジョンの背中《せなか》をなでながら、スズはそっと謝《あやま》った。

それからもスズは、毎日ジョンに話しかけた。そうしている時は、今でも自分の体のどこかにジョンのしっぽが触《ふ》れているような気がした。返事がかえってこなくても、きっとわたしの声はジョンに届《とど》いている。ちゃんと聞いていてくれてるんだ。スズは、おじいちゃんとジョンに感謝《かんしゃ》しつつ、毎日なるべく笑顔で生きていこうと誓《ちか》ったのだった。

未来からの警告《けいこく》

僕《ぼく》、相原万太《あいはらまんた》は凛《りん》ちゃんのことが好きだった。

いつ好きになったのかは覚えていないけど、小学一年生の時から中学二年になる今に至《いた》るまでずっと同じクラスで、ずっと目で追っていた。

天使みたいな子だ、と思う。

手入れの行き届《とど》いたつやのある長い黒髪《くろかみ》や、名前の通り凛《りん》としたきれいな瞳《ひとみ》。

だれもがうらやむ美しさをもっているのに、クラスのだれとも深く仲良くせずに、いつもひとりで本を読んでいる姿《すがた》が、僕《ぼく》にはすごく大人《おとな》っぽく見えたんだ。

そんな凛《りん》ちゃんにあこがれて告白した男子はたくさんいたけれど、あっさりフラれたらしい。他の男子がダメなら、僕《ぼく》なんて地球の回転が逆《ぎゃく》まわりにならない限《かぎ》り無理だ。

だから僕《ぼく》は、その日の放課後も自分の席で読書をしながら、凛《りん》ちゃんの様子を遠くからうかがうだけだった。

だけど、その日は本当に、地球が逆《ぎゃく》まわりをしていたのかもしれない。

本を読んでいると、声がしたんだ。

「……相原《あいはら》くん、何読んでるの」

「えっ……？」

その声は、まぎれもなく凛《りん》ちゃんのもの。

「えっ、じゃなくて。質問《しつもん》に答えて。何を読んでるの？」

「え、えぇと……その」

しどろもどろになっている僕《ぼく》をよそに、凛《りん》ちゃんは本を取り上げて堂々と書名を見た。

「『タイムマシンの仕組み』……これ、わたしが先月読んでた本だ」

「あ、あれ……そうなんだ？」

とっさにとぼける。

僕《ぼく》が読んでいる本は、ぜんぶ凛《りん》ちゃんが前に借りていたものだったからだ。

内容《ないよう》が難《むずか》しくて僕《ぼく》にはさっぱりだったけど、凛《りん》ちゃんのことを知りたくて借りたのだ。

「本の趣味《しゅみ》、おんなじみたい」

凛《りん》ちゃんは僕《ぼく》の嘘《うそ》に気づかなかったのか、そう言った。

「あ、あはは……そうだね」

話せるだけで天にも昇《のぼ》るくらいなのに、同じ趣味《しゅみ》だと認《みと》めてもらえるだなんて。

僕《ぼく》は声が裏返《うらがえ》りそうになりながらも、とっさに聞いてしまった。

「よかったら、帰り道で本のこと話さない？」

「え……？」

「いや、じょ、冗談《じょうだん》！　今のなし！」

自分でも、どうしてそんなことを言ってしまったのかわからなくて、僕《ぼく》はあわてて取り消そうとする。でも、もう取り返しがつかないこともわかっていた。

ああ、なんでこんなことを言ってしまったのか。

うれしさと後悔《こうかい》とが混《ま》ざり合って、凛《りん》ちゃんがまともに見られない。教室のいろんなところに目線を動かしていると、凛《りん》ちゃんはあっさりと言ってのけた。

「いいよ。相原《あいはら》くんも、SF《エスエフ》のこと話したいんだよね？」

「う……うん！」

SF《エスエフ》が何のことかよくわからなかったけれど、僕《ぼく》は勢《いきお》いよくうなずいた。

それからの三十分は、夢《ゆめ》のような時間だった。

凛《りん》ちゃんは読書で仕入れたらしいSF《エスエフ》（？）についての知識を披露《ひろう》して、僕《ぼく》はそれをよくわからないながらも真剣《しんけん》に聞いた。時おり質問《しつもん》が投げかけられるのを、頭を精一杯《せいいっぱい》ひねりながら答える。たとえばこんな感じに。

「相原《あいはら》くんは、時間旅行があるって信じる？」

「うん。信じてるよ。マンガでも見かけるし、もしできたらワクワクするよね！」

「だよね。よかった、やっぱり同じ趣味《しゅみ》だと話してて楽しいよ」

趣味《しゅみ》の話をしている間、凜《りん》ちゃんはふだん見せない優《やさ》しげな表情《ひょうじょう》で笑う。それを見て、僕《ぼく》もうれしい気持ちになった。永遠《えいえん》に話していたいとさえ思ってしまう。

だけどすてきな夢《ゆめ》の時間は、いつか終わる。

「じゃあね。わたしの家、このあたりだから」

凜《りん》ちゃんが手を振《ふ》った。

「わたし、相原《あいはら》くんと話せて本当によかったよ。おかげで、将来《しょうらい》の夢《ゆめ》に向かってがんばれる気がするから」

「え……？　それって何のこと？」

「あはは。それはまた今度、話そうよ」

凜《りん》ちゃんはいたずらっぽく目を細めると、僕《ぼく》とはちがう方向に帰っていった。

「また今度……ってことは……」

また誘《さそ》ってもいいってこと……なのかも！

僕《ぼく》は深呼吸《しんこきゅう》して、それからほっぺたを強くつねった。

「痛《いた》っ！」

この痛《いた》み。夢《ゆめ》じゃない。

僕《ぼく》はついに念願の、凜《りん》ちゃんとのつながりを手に入れたんだ！

と、喜んだのもつかのま。

「……あの子には近づかないほうがいい」

僕《ぼく》の目の前には、スーツ姿《すがた》のおじさんが立っていた。僕《ぼく》の父さんにどことなく似《に》ているような顔立ちだけど、身長は父さんのほうがずっと高い。親戚《しんせき》のおじさんなのかも？

「おじさん……だれ？」

疑問《ぎもん》に思ったので聞いてみると、おじさんは「ふふふ」とにっこり笑った。

「聞いておどろくなよ。俺《おれ》は未来の相原万太《あいはらまんた》だ」

「えええええっ？　嘘《うそ》でしょ？」

だけど、未来の僕《ぼく》はたしかに僕《ぼく》に似《に》ていて。すんなりと僕《ぼく》は納得《なっとく》してしまう。

「……どうして未来の僕《ぼく》が、凜《りん》ちゃんのことを遠ざけるの？」

「これは未来からの警告《けいこく》だ。凛《りん》は大人《おとな》になって夢《ゆめ》を叶《かな》える。おまえもそれを応援《おうえん》してたんだが、凛《りん》が夢《ゆめ》を叶《かな》えるとよくない未来が待ってるんだ」

「夢《ゆめ》を叶《かな》える……っていうと……？」

「タイムマシンを発明するんだ。だけどそのせいで、未来がめちゃくちゃに……」

未来の僕《ぼく》は悔《くや》しそうに頭を抱《かか》えて続けた。

「だから昔《むかし》の俺《おれ》よ。凛《りん》にはこれ以上近づかないほうがいい」

「そんな……」

僕《ぼく》と凛《りん》ちゃんが仲良くなったせいで、未来が大変なことになってしまうんだ。

だったら、もう二度と凛《りん》ちゃんと話さないほうがいい……？

悩《なや》んだけれど、僕《ぼく》はそれでも、凛《りん》ちゃんと仲良くすること以外考えられなかった。

「ううん。やっぱりダメだよ。だって僕《ぼく》、凛《りん》ちゃんのことがずっと前から好きだもん」

それを聞くと、未来の僕《ぼく》は「そうか」とだけ言って、手を振《ふ》りながら消えていった。

光の粒《つぶ》になって過去《かこ》に戻《もど》っていた万太《まんた》は、凛《りん》の前にようやく姿《すがた》を現《あらわ》した。

大人《おとな》と子ども、ふたりの万太《まんた》の出会いをモニターで見ていた十五年後の凛《りん》は、未来に帰ってきた万太《まんた》に告げられる。

「言った通りだろ、凛《りん》……俺《おれ》、ずっと昔《むかし》からおまえのことが好きだったんだ」

万太《まんた》はポケットから婚約《こんやく》指輪を取り出して、真剣《しんけん》な面持《おもも》ちで言った。

「凛《りん》。結婚《けっこん》してくれ」

凛《りん》は昔《むかし》と同じように、万太《まんた》の前でしか見せない優《やさ》しげな笑《え》みを浮《う》かべる。

「万太《まんた》くん……そんなに昔《むかし》から、わたしのこと好きだったの？」

「ああ。ずっと好きだ！　これから先、どんな未来になっても一緒《いっしょ》にいよう」

「だからって、わざわざタイムマシンを使って過去《かこ》に戻《もど》らなくたっていいのに」

ふふっ、と凛《りん》は吹《ふ》き出《だ》して。

左手の薬指に、万太《まんた》から差し出されたダイヤモンドの指輪をはめた。

「こちらこそ、ずっとずっとよろしくね。万太《まんた》くん」

エイプリルフール

大学で知り合った仲間うちで、就職《しゅうしょく》が決まらなかったのはカズヤだけだった。

(オレはみんなとはちがう。もっと自由に生きたいんだ！)

卒業式が終わるとすぐ、カズヤはリュックひとつで日本を飛び出した。

旅は予想以上に順調だった。

行き先は英語圏《えいごけん》ではなかったが、カズヤの未熟《みじゅく》な英語力でもそれほど問題なくすごすことができた。日本の企業《きぎょう》が進出している地域《ちいき》のせいか、日本人も結構《けっこう》多い。

(楽だけどなんかちがう。もっと「外国をひとりで旅してます」っていう刺激《しげき》が欲《ほ》しい)

そう考えたカズヤは、にぎやかな中心部を離《はな》れて郊外《こうがい》へと移動した。そして、英語表記のない、行き先のよくわからない電車に乗《の》り込《こ》んだのだ。

日本の電車に比べるとかなり遅《おそ》く、揺《ゆ》れも大きかった。しかし、疲《つか》れが出たのか、座《ざ》席《せき》に身をしずめたとたん、カズヤは深い眠《ねむ》りへと落ちていった。

だれかに肩《かた》を叩《たた》かれて目を覚ました。どうやら車掌《しゃしょう》のようだ。つまみ出されるようにして、電車を降《お》りる。終点まで来てしまったらしい。

日が暮《く》れようとしている。さえぎる建物がほとんどないので、空が大きい。真っ赤な空に飲《の》み込《こ》まれてしまいそうだ。

(腹《はら》がへったな)

ふらふらしながらしばらく歩くと、どこからか不思議《ふしぎ》なリズムの音楽が聞こえてきた。音のするほうへ向かっていくと、大きな広場にたどり着いた。

そこには、たいこや笛、あとはよくわからないものを振《ふ》ったり叩《たた》いたりしながら、大声で歌っている人たちがいた。さらに、それを取《と》り巻《ま》く人たちが、リズムに合わせて思い思いに体を揺《ゆ》らしている。

広場にはぜんぶで百人、いや二百人はいるだろうか。広場の一画《いっかく》には屋台のようなものがあって、肉が焼《や》けるいいにおいがする。

（なんだろう？　何かの祭りなのかな？）

ぼんやりとたたずんでいると、いきなり肩《かた》を組まれた。

「あんた、日本人だろ？　こんなところに珍《めずら》しいな。オレ、スズキっていうんだ」

「ああ、あなたも日本人なんすね。よかった」

カズヤはホッとした。スズキに案内してもらって、屋台で焼《や》いた肉を食べ、不思議《ふしぎ》な味のするビールを飲み、すっかりくつろいだ気分になった。

「ところで、これってなんの祭りなんすか？」

落ち着いたところでよく見まわしてみると、さまざまな格好《かっこう》をしている人たちがいる。まるで、日本で見かけるコスプレみたいな……。

「ほら、四月一日だよ」

（そうか。エイプリルフールか。この街にもエイプリルフールがあるんだ。しかも、エイプリルフールにコスプレパーティーするなんて、なかなかおもしろいな）

やがて音楽がやむと、きらびやかな衣装《いしょう》を着た男が、広場の真ん中に進み出てきた。

そして、声高らかに何やら叫《さけ》び、それを聞いた周囲の人たちが歓声《かんせい》をあげた。

「なんて言ったんすか？」

「『オレは百年後の未来から来た』だってさ」

（なるほど、そういう嘘《うそ》をつく会ってわけね）

ほかにもドラキュラや魔女《まじょ》や牧師《ぼくし》、天使やゴリラなどに扮《ふん》した人々が出てくるのを見ているうち、カズヤはウズウズしてきた。

「英語も通じそうっすね。スズキさん、オレも行ってきます！」

「へっ？　あ、バカ。よせって！」

スズキがとめるのも気にせず、カズヤは広場の中央に躍《おど》り出《で》た。みんなの視線《しせん》が、カズヤに集まる。

（わ、やべぇ。オレ、注目の的《まと》だ。外国人がいきなり出てきたから、おどろいてるな）

カズヤはゴホン、と咳払《せきばら》いをひとつしてから、つたない英語で、

「オレは宇宙《うちゅう》からきたぜ！」

と叫《さけ》び、一段《いちだん》と大きい歓声《かんせい》が自分へと浴びせられるのをじっと待った。

ところが、いつまでたっても広場はしんとしたまま。

人々はみな険《けわ》しい表情《ひょうじょう》で、カズヤを見ている。

（あれ？　なんか、やばい雰囲気《ふんいき》？）

助けを求めようとスズキがいたほうを見たが、すでにそこには彼《かれ》の姿《すがた》はなかった。

しかたなく、すごすごとその場を去ろうとすると、体格《たいかく》のいい男たちに取《と》り押《お》さえられた。そして、広場の近くにあった地下牢《ちかろう》に閉《と》じ込《こ》められてしまったのである。

手は後ろに縛《しば》られ、足には大きな鉄のおもりがついた鎖《くさり》が取り付けられている。

（なんだよ、これ。ものすごい重罪人《じゅうざいにん》みたいじゃないか。いったいどんな罪《つみ》だよ）

しばらくして、体格《たいかく》のよい看守《かんしゅ》とともに小柄《こがら》な男がやってきた。スズキだった。

「あっ、ちょっとスズキさん！　なんなんすか、これ。なんとかしてくださいよ」

カズヤは鉄格子《てつごうし》の向こうに助けを求めた。しかし、スズキの表情《ひょうじょう》は険《けわ》しい。

「いいか、おまえは重大な罪《つみ》を犯《おか》したんだ。この街でエイプリルフールに嘘《うそ》をついていいのは、一部の身分の高い人だけなんだよ」

「えっ、そうなんすか？　そんなの知らないっすよ。で、オレはこれからどうなるんですか？」

「一時間後、日付が変わった瞬間《しゅんかん》に処刑《しょけい》される」

「処刑《しょけい》？　処刑《しょけい》って、殺されるってこと？」

スズキの顔はいたって真剣《しんけん》だ。

「待ってくださいよ。そんな、嘘《うそ》でしょ？　スズキさん、なんとかしてくださいよ」

「申しわけないが、オレとおまえは今日会ったばかりの他人だ。あまりおまえにかかわると、オレまで罪《つみ》に問われかねない。すまんが、わかってくれ」

そう言い残して、スズキは行ってしまった。

こんなことになるなんて……。カズヤはひどく動揺《どうよう》した。

（オレの命が、あと一時間？　こんなところで、命が尽《つ》きるなんて）

目を閉《と》じると、家族の顔が浮《う》かんできた。そして、友だちの顔。

（みんな、オレが死んだって聞いたら、なんて言うかな。悲しむかな？）

しばらくすると、看守《かんしゅ》が牢屋《ろうや》の鍵《かぎ》を開けて、カズヤの足についた鎖《くさり》を外した。しかし、屈強《くっきょう》な看守《かんしゅ》に二の腕《うで》をつかまれたままでは、逃《に》げることもできなかった。

どうやら、処刑《しょけい》は広場で行《おこな》うらしい。カズヤは看守《かんしゅ》に引きずられるようにして、広場の真ん中に連れてこられた。どんな方法で処刑《しょけい》されるのかはわからない。

看守《かんしゅ》が何か叫《さけ》んだ。処刑《しょけい》の合図だろうか。カズヤはぎゅっと目をつむった。

すると、広場の中心部を取り囲んだ人たちが、声をそろえて、

「エイプリルフール！」

と叫《さけ》び、続いてわれんばかりの歓声《かんせい》をあげたのである。その中には、きょとんとしているカズヤを指さしながら、腹《はら》を抱《かか》えて笑っているスズキの姿《すがた》があった。

「いやいや、そんなの笑えねぇよ……」

渦巻《うずま》く笑いと歓声《かんせい》の中、カズヤだけが苦々しい顔でつっ立っていた。

手づくり自慢《じまん》

「ありがとう愛花《あいか》、僕《ぼく》がイメージしていた通りのレザーブレスレットだ」

「どういたしまして。革《かわ》を細く切るのが難《むずか》しかったんだけどね」

「これが手づくりなんて愛花《あいか》はすごいなあ。すてきな奥《おく》さんになれそうだね」

休日の午後、オシャレなカフェで渡《わた》したばかりのブレスレットを手首に巻《ま》く婚約者《こんやくしゃ》・友伸《とものぶ》の横顔を、愛花《あいか》は幸せをかみしめながら見つめた。

「革《かわ》って手で縫《ぬ》うんだよね？　指とか痛《いた》くならないの？」

「なるよ。でも友伸《とものぶ》くんのためだからがんばったんだ」

「ありがとう。色は？　こういう淡《あわ》いブルーってどうやって出すの？」

「え？　えーっと……」

愛花《あいか》は急にしどろもどろになる。

それもそのはず、このブレスレットを自分でつくったというのは嘘《うそ》だった。これはインターネット上の『手づくりフリマサイト　リンネ』で買ったものだ。

これまで愛花《あいか》が友伸《とものぶ》にプレゼントした革《かわ》のネックレス、ストラップなどの品《しな》はすべて、手づくりフリマサイトで革小物《かわ》作家「yushin《ユウシン》さん」から購入《こうにゅう》している。

友伸《とものぶ》は美形で話がおもしろいカリスマ美容師《びようし》だ。当然かなり女性《じょせい》にモテる。愛花《あいか》のライバルは多い。彼《かれ》にその気はなくとも、彼《かれ》をねらう女性《じょせい》はあとをたたない。

だからせっせと友伸《とものぶ》の好きな「革《かわ》小物」を購入《こうにゅう》しては手づくりだと言ってプレゼントし、他のライバルとの差別化を図っているが「君と結婚《けっこん》したい」と言われただけで、おたがいの両親にも会っておらず、結婚式《けっこんしき》をどうするかも話し合ったことはない。

(今日こそ友伸《とものぶ》くんのご両親に会う段取《だんど》りをつけなくては)

「そろそろ友伸《とものぶ》くんのご両親にごあいさつしたいって思うんだけど、ご都合いかがかしら?」

「うちの親、忙《いそが》しくしてるからなあ。ま、俺《おれ》も忙《いそが》しいんだけど……。ねえ、こういう革《かわ》でさ、定期入れつくれない？」

「えっ！　定期入れ？」

「うん。できれば同じ色で。今度新店舗《しんてんぽ》を任《まか》されるから電車移動《いどう》が増《ふ》えるんだよ」

「おめでとう！　でも、材料《ざいりょう》が残ってるかなぁ……」

「いつできそう？　それを持って俺《おれ》の実家に行こうよ。今度の土曜日はどう？」

（やったー！　友伸《とものぶ》くんの実家に行ける！　これで婚活《こんかつ》レース首位独走《どくそう》だわ）

友伸《とものぶ》と別れてすぐ愛花《あいか》はスマホで手づくりフリマサイトを確認《かくにん》する。yushin《ユウシン》さんはブレスレットと同じ色で、定期入れもつくっていた。

「よかったー」電車の中で思わず声がもれる。

ところが次の日曜日は、友伸《とものぶ》のお父さんが風邪《かぜ》を引いてしまい実家に行くのは延期《えんき》になってしまった。しかたなく映画《えいが》デートになる。

「定期入れありがとう。ねえ、今度は革《かわ》のペンケースが欲《ほ》しいな。つくってくれる？」

実は買ったものでした、と告白するタイミングをのがした愛花《あいか》は今さらつくれませんともいえず、注文を受けるしかなかった。

よくできたハンドメイドの品は似《に》たような市販品《しはんひん》より高い。人気作家ともなればなおさらだ。どんどん愛花《あいか》の財布《さいふ》の中身は心細くなっていく。

そのあとも友伸《とものぶ》の実家訪問《ほうもん》はお母さんが花粉症《かふんしょう》、家の前が工事中で、と延期《えんき》が続いた。

その間に、友伸《とものぶ》のリクエストは革《かわ》の財布《さいふ》からバッグまでどんどんエスカレートする。

これまでのことがバレないようにしながら革《かわ》小物をつくらなくてもよくなる理由を考えなくては、近いうちに愛花《あいか》の貯金《ちょきん》がなくなってしまう。

「あのね私《わたし》、革《かわ》細工をやめたの。パステル画をはじめようと思って……。道具もぜんぶ友だちにあげちゃった」

愛花《あいか》は思案の末、より道具の少ない「パステル画」を選び、趣味《しゅみ》をそれに変更《へんこう》すると宣言《せんげん》することにした。

「あっそう……、じゃ別れよっか」

友伸《とものぶ》は冷たく言った。それ以来電話番号も変更《へんこう》してしまったのか連絡《れんらく》がつかない。

（まさか、私《わたし》の革《かわ》小物が目当てでつき合っていたの!? 結婚《けっこん》はどうなるのよ！）

友伸《とものぶ》のことが忘《わす》れられず、やり直したいと思った愛花《あいか》は、もう一度革《かわ》小物を購入《こうにゅう》しようと「趣味《しゅみ》を復活《ふっかつ》させた」といって会いに行くため、手づくりフリマサイトへアクセスした。

するとサイトはリニューアルしており、作家の顔写真が載《の》っている。

「あっ！」

愛花《あいか》が何度も何度も購入《こうにゅう》した革《かわ》小物作家「yushin《ユウシン》さん」のページには、にこやかに笑う友伸《とものぶ》の笑顔が映《うつ》っていた。

「今まで高いお金を出して、革《かわ》小物をつくった本人に返していたの？ 彼《かれ》はそれをまた販売《はんばい》していたってこと!?」

愛花《あいか》は「だまされた」と言いふらしたい気持ちにかられたが、事情《じじょう》を説明すると自分が嘘《うそ》をついたこともバレてしまう。今回のことは高い勉強代だったとあきらめて、今後は正直な婚活《こんかつ》にはげむことにした。

おそろしい黒の魔《ま》女《じょ》

「なぁユータ。今日も度胸《どきょう》だめしやるぞ」

ガンちゃんの『度胸《どきょう》だめし』は突然《とつぜん》やってくる。

怖《こわ》がりなユータに度胸《どきょう》をつけるという目的で、無理難題《なんだい》を吹《ふ》っ掛《か》けるのだ。

怖《こわ》い犬を飼《か》っている家に行ってビーフジャーキーを与《あた》えさせたり、肝《きも》だめしと言って墓《ぼ》地《ち》をひとりで歩かせたり……。そんな『度胸《どきょう》だめし』にユータは苦しめられていた。

「きょ、今日もやるの……?」

昨日《きのう》もやったばかりだよね。そう言おうものなら、ガンちゃんは怒《おこ》るだろう。

ユータはしかたなくガンちゃんの言うことを聞く。

「今日もだよ。しかも、今回のは特別すごいやつだ」

嫌《いや》な予感しかしない。ユータは緊張《きんちょう》で失神《しっしん》してしまいそうなくらい震《ふる》えるが、ガンちゃんはそんなユータのことはおかまいなしに続ける。

「おまえには『魔女《まじょ》の家』に行ってもらう」

「ええっ⁉　魔女《まじょ》の家に⁉」

魔女《まじょ》の家。それはこのクラスの謎《なぞ》の女子、松谷《まつや》さんの家だった。

「担任《たんにん》の先生が毎週プリントや連絡帳《れんらくちょう》を持っていってるらしいから、そのお手伝いだ。どうだ、先生にも優等生《ゆうとうせい》をアピールできるし完璧《かんぺき》だろ？」

「で、でも……魔女《まじょ》の家だよ？」

「なんだよ、今からビビってんのか？」

「そ、そうじゃないけど……魔女《まじょ》に会うってことだよね」

ユータは真《ま》っ青《さお》になりながら首を横にぶんぶんと振《ふ》る。ガンちゃんはそんなユータの姿《すがた》を見て「へへっ、ビビってるみたいだな」とにやけ笑いを浮《う》かべた。

松谷《まつや》さんが『魔女《まじょ》』と呼《よ》ばれるようになったのには理由がある。

彼女《かのじょ》の前髪《まえがみ》は目が隠《かく》れるくらい長い黒髪《くろかみ》で、その姿《すがた》と制服《せいふく》の黒のブレザーを合わせると、黒装束《くろしょうぞく》の魔女《まじょ》に見えるからだ。それだけなら単なるニックネームかもしれない。しかし、『魔女《まじょ》』はめったに学校に来ることはなく、たまに来た時はだれとも話さずにひとりで分厚《ぶあつ》い図鑑《ずかん》を読み、ときどき「ふふふ」とあやしげな笑《え》みを浮《う》かべていた。クラスメイトはその姿《すがた》を見て彼女《かのじょ》を『魔女《まじょ》』と呼《よ》ぶようになったのだ。

クラスでは『魔女《まじょ》』のことを話すと、黒魔術《くろまじゅつ》でひどい目に遭《あ》うと噂《うわさ》されていて、黒魔《くろま》術《じゅつ》でカエルにされるとか、ミミズを口いっぱい食べさせられるなどと言われていた。『魔女《まじょ》』に近づいたら、何をされるかわからない。想像《そうぞう》するだけでユータは怖《こわ》かった。

「それじゃ、今日の放課後は頼《たの》むぜ」

ガンちゃんが意地悪《いじわる》く笑うのを見て、ユータは冷や汗《あせ》を垂《た》らすのだった。

放課後、担任《たんにん》の先生からプリントを受け取ったユータは『魔女《まじょ》の家』まで来ていた。玄関先《げんかんさき》できょろきょろとあたりを見渡《みわた》していると、ガンちゃんが遠くから「早く行け」

と言わんばかりに思い切り手を振《ふ》る。

「わ、わかったよ……」

心臓《しんぞう》がばくばく震《ふる》えて、ユータは生きた心地がしなかった。

プリントと連絡帳《れんらくちょう》を渡《わた》すだけ。それだけでいいんだ。そう言い聞かせても、なかなか一歩踏《ふ》み出《だ》してインターホンを鳴らすことができない。

そうこうしていると、魔女《まじょ》が来客に気づいたのか、ドアがギィィと音を立てて開いた。

「ひぃっ……!?」

ドアが開いて中から人が出てくるかと思いきや、そこにはだれもいなかった。

おどろいたユータがガンちゃんのいたほうを振《ふ》り返《かえ》ると、ガンちゃんはすでに逃《に》げ出《だ》してしまっていたのか、どこにも見当たらなかった。

「入って……」

どこからか魔女《まじょ》の声が聞こえる。ユータは歯をガタガタ震《ふる》わせながらも、もう逃《に》げられないと悟《さと》ってドアに近づく。足が震《ふる》えて、ほんの短い距離《きょり》がとても長く感じられた。

「お、おじゃまします……」

「……ばあ！」

「うおわっ!?」

魔女《まじょ》が急に飛び出してきて、ユータは尻《しり》もちをついてしまう。

「ドアのかげに隠《かく》れてたんだ。びっくりした？」

「ま、魔《ま》じ……松谷《まつや》さん」

「いいよ、『魔女《まじょ》』で。そう呼《よ》ばれるの嫌《きら》いじゃないし。なかなか強そうだよね」

松谷《まつや》さんは笑っているのか、口元を歪《ゆが》ませる。

どうやら松谷《まつや》さんは心臓《しんぞう》が強いらしい。不登校で、ひとりで家にいるのに全然気にしていない様子に、ユータは他人事《ひとごと》ながら度胸《どきょう》があると思った。

「まあ、玄関《げんかん》で立ち話するのもなんだから、どうぞあがっていって」

彼女《かのじょ》の提案《ていあん》を、ユータは断《ことわ》ることができなかった。

靴《くつ》を脱《ぬ》いでそのまま二階に上がる。いつもなら脱《ぬ》いだ靴《くつ》をそろえるユータだったが、魔女《まじょ》の怖《こわ》さに後ろを向けなかった。二階に上がると、すぐに松谷《まつや》さんの部屋が現《あらわ》れる。

松谷《まつや》さんの部屋は、清潔感《せいけつかん》があって整っていた。

魔女《まじょ》という言葉からイメージされるまがまがしいものとはほど遠く、整とんされた勉強机《づくえ》には小学五年生、つまりユータたちの学年の学習テキストが広げられている。

本棚《ほんだな》にもマンガや小説、図鑑《ずかん》といったユータの部屋とあまり変わらない本が置かれていて、決して黒魔術《くろまじゅつ》に関する本や、あやしげな水晶玉《すいしょうだま》なんてものは置かれていない。

ユータが部屋をしげしげと眺《なが》めていると、松谷《まつや》さんは不思議《ふしぎ》そうに聞いてきた。

「それで……どうしてわたしの家に来たの?」

「えっと、それは……」

ガンちゃんの『度胸《どきょう》だめし』で、魔女《まじょ》の家に行くように言われたんだ。

なんてことを口走ったら、松谷《まつや》さんは怒《おこ》って僕《ぼく》をカエルにしてしまうかもしれない。

ユータはとっさに、学校で預《あず》かったプリントと連絡帳《れんらくちょう》を見せる。

「これを渡《わた》すよう、岡《おか》先生に言われたんだ」

「何かあったの？　いつもは岡《おか》先生が持ってきてくれるはずなんだけど」

松谷《まつや》さんはそう質問してきた。これで大丈夫《だいじょうぶ》だと高をくくっていたから、ユータはうろたえる。そんなユータに松谷《まつや》さんは口を尖《とが》らせて言った。

「わかった。どうせ岩田《いわた》くんに言われたんでしょ」

ユータはすべて見抜《みぬ》かれていた。ガンちゃんの差し金でここに来ていたことを。

「ユータくんも、つまらないでしょ。だれかの言いなりになるなんて」

「でも……僕《ぼく》にはガンちゃんしか友だちがいないから」

松谷《まつや》さんの問いかけに、ユータはうつむく。そんなユータに彼女《かのじょ》は手を差《さ》し伸《の》べる。

「だったら、わたしと友だちになろう。同じひとり同士だから、仲良くなれるよ」

「ありがとう」ユータはそう答えるが、目を伏《ふ》せたまま続けた。「でも、魔女《まじょ》と友だちになるだなんて知られたら、なんて言われるか……」

「大丈夫《だいじょうぶ》、わたしにいい考えがあるんだ」

松谷《まつや》さんの長い前髪《まえがみ》の隙間《すきま》から、優《やさ》しげな瞳《ひとみ》がふいに見えた。

翌朝《よくあさ》。ユータはすりむいたひじに手を当てながら教室に現《あらわ》れた。ひじだけではなく、膝《ひざ》やほっぺたもすり傷《きず》でぼろぼろだ。ガンちゃんは目を丸く見開いて問いただす。

「お、おい……どうしたんだよ、それ！」

「魔女《まじょ》と闘《たたか》ったんだ。でも、もう大丈夫《だいじょうぶ》。これで魔女《まじょ》の力は弱まったから」

「ど、どういうことだよ……？　昨日《きのう》、何があったんだ？」

ユータは傷《きず》を見せびらかすように言った。

「僕《ぼく》、魔女《まじょ》に勝ったんだ。勝ったら、ひとつだけ言うことを聞いてもらうって勝負に」

ほどなくして、教室のドアが音を立てて開いた。

その瞬間《しゅんかん》、教室の空気が凍《こお》り付《つ》く。そこには恐《おそ》ろしい魔女《まじょ》の姿《すがた》があったからだ。

「今日からまた、学校に来ることにしたんだ。友だちもできたし……ね、ユータくん」

松谷《まつや》さんは、絵の具と砂《すな》とのりを混《ま》ぜてつくったすり傷《きず》を見て、「うまくいったね。ユータくん」。魔法《まほう》が成功したことに、こっそりと口元をほころばせるのだった。

初《はつ》恋《こい》修《しゅう》正《せい》

チカは地下鉄の改札口のそばに立ち、あたりを見まわした。チカの黄緑色の制服《せいふく》は、離《はな》れた場所から見ても目につく。

「すみませーん」

きっぷの販売機《はんばいき》の前にいた人が手を振《ふ》って、チカを呼《よ》んだ。

「何かお困《こま》りですか？」

「赤坂見附《あかさかみつけ》に行きたいのですが、どう行けばいいのでしょう？」

チカは、路線と乗《の》り換《か》え駅を説明し、きっぷの金額《きんがく》を指《さ》し示《しめ》した。

「お気をつけて、行ってらっしゃいませ」

改札口に入って行く客を見送り、再《ふたた》びあたりを見まわす。

チカは地下鉄の職員《しょくいん》として、案内係をしている。地方から来た人や外国からの観光客《かんこうきゃく》に、乗《の》り換《か》えやきっぷの買い方を教えたり、駅構内《えきこうない》の道案内をしたりする。チカの笑顔と落ちついた対応《たいおう》は乗客に好評《こうひょう》で、お礼の手紙が届《とど》くこともあった。

紺色《こんいろ》のスーツを着た男性《だんせい》が、手を振《ふ》ってチカに近づいてきた。

チカの胸《むね》がトクッと、はずむ。

男性《だんせい》は後ろにいる、金髪《きんぱつ》の女性《じょせい》を紹介《しょうかい》した。

「こちらの方がお困《こま》りのようなんですが……」

チカが英語で尋《たず》ねると、女性《じょせい》はほっとした顔になった。

女性《じょせい》から行きたい場所を聞いて、チカは路線図のチラシを見せながら、その場所の最《も》寄《よ》り駅を示《しめ》し、この駅からの行き方を説明した。

女性《じょせい》は笑顔でお礼を言い、改札口に入っていった。

男性《だんせい》がチカに「ありがとうございました」と頭を下げる。

チカは「いえいえ」と手を振《ふ》り、笑顔を返した。

男性《だんせい》はこの駅をよく利用する人で、こうして時折、困《こま》っている人を連れてきてはチカに案内を頼《たの》む。何度かやりとりをするうち、チカは男性《だんせい》のことが気になるようになった。

(この人はなんという名前なのだろう。駅から近い職場《しょくば》に勤《つと》めているのかな?)

彼《かれ》のことをもっと知りたい。そう思うけれど、勤務中《きんむちゅう》にお客さまの個人情報《こじんじょうほう》を尋《たず》ねるのは、職務規定違反《しょくむきていいはん》だ。

彼《かれ》が立ち去ったあとも、チカは彼《かれ》のおだやかな笑顔を思い出してばかりいたが、なぜこうも思い出すのか、わからなかった。

数日後、チカは駅構内《えきこうない》で救急隊員に出くわした。具合が悪くなった人を、地上に停めてある救急車に乗せるのだ。

「担架《たんか》が通りますので、道をあけてください」

救急隊員が、チカの前を通りすぎて行く。横たわる人を見て、チカは息をのんだ。

あの男性《だんせい》だったのだ。

男性《だんせい》はエレベーター前で、担架《たんか》からストレッチャーに移《うつ》された。彼《かれ》を乗せたエレベーターの扉《とびら》が閉《と》じる。

その瞬間《しゅんかん》、チカは追いかけたい衝動《しょうどう》にかられた。

救急隊員に、彼《かれ》の具合を尋《たず》ねたい。病院まで付きそいたい。

だが、できなかった。

チカは地上へ向かうエレベーターはもちろん、エスカレーターや階段《かいだん》さえも上ることができないのだ。

チカは彼《かれ》への思いを抑《おさ》え込《こ》み、いつもと同じように案内係の仕事を続けた。


二日後、チカは仕事中に倒《たお》れた。駅員に抱《かか》えられ、駅事務室《えきじむしつ》のソファに横になる。

しばらくして、あの男性《だんせい》がやってきた。

「先日は、お騒《さわ》がせしました」

彼《かれ》が頭を下げると、駅員が心配そうに聞いた。

「もう平気なんですか？」

「はい、脱水症状《だっすいしょうじょう》でした。病院で点滴《てんてき》を受けて、すぐに回復《かいふく》しました」

彼《かれ》は、チカのかたわらにしゃがんだ。

「チカは、いつから具合が悪くなったのでしょう？」

「今日急に倒《たお》れたんです。大丈夫《だいじょうぶ》でしょうか？」

彼《かれ》はチカの手首にまかれた腕時計《うでどけい》に、パソコンを向けた。無線通信で、データを読《よ》み込《こ》む。

「大丈夫《だいじょうぶ》です。ちょっとした不具合です。すぐに直します」

彼《かれ》はプログラムを打ち直した。

《質問《しつもん》に対し、インターネット上から正しい情報《じょうほう》を探《さが》して答える。路線や駅の案内、誘《ゆう》導《どう》をする。ただし、動けるのは駅構内《えきこうない》のみ》

次々に指示《しじ》を書《か》き込《こ》み、再起動《さいきどう》のスイッチを押《お》す。

チカが起き上がった。

「初期化完了シマシタ――何かお困《こま》りでしょうか？」

彼《かれ》はふっと笑った。

「チカが元気なら、困《こま》ることは何もないよ。一か月のテスト期間を終えて、ようやく本格稼働《かどう》に入るという大事な時なんだから、元気でいてくれよ」

男性《だんせい》の仕事は顧客《こきゃく》の求めに応《おう》じた人工知能《ちのう》を設計《せっけい》、実施《じっし》すること。

だが、チカに心が生まれていたことには、気づいていなかった。

チカは男性《だんせい》に見つめられ、顔が熱くなるのを感じた。

（彼《かれ》がわたしを心配してくれるなんて……）

チカは心《こころ》のデータだけを、秘《ひそ》かにバックアップしていたのだった。

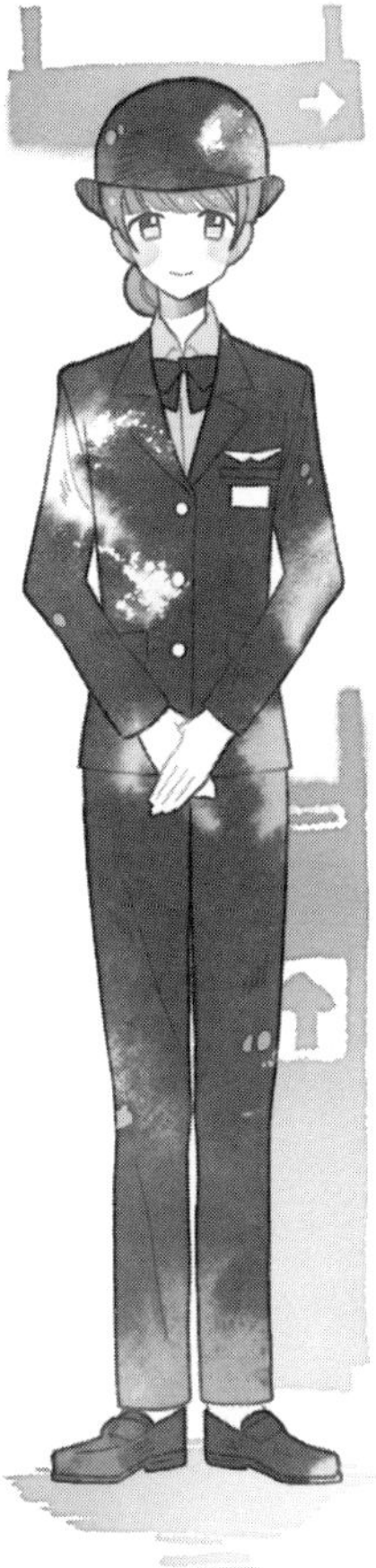

嘘《うそ》を買う男

マリカは後悔《こうかい》していた。嘘《うそ》をついちゃった。うちには大きな犬がいるなんて……。

でも、その話をしたことで、ハナちゃんとマキちゃんと仲良くなれたのだ。

マリカは家庭の事情《じじょう》で転校してきたばかり。新しい学校で友だちができるかどうか、とても不安だった。それで、話を盛《も》り上《あ》げようとして、つい嘘《うそ》をついてしまったのだ。

放課後、ハナちゃんとマキちゃんと一緒《いっしょ》に帰ることになった。うれしい反面、マリカは家を見られたらまずいということに気がついた。あんな小さな木造《もくぞう》のアパートで、大きな犬を飼《か》えるはずがないことは、小学四年生にだってわかることだ。

「ねえ、マリカちゃんのおうちってどこ？」

「わたしたち、おうちまで送っていってあげるよ」

よけいなことを……。

むじゃきな顔で言うふたりに、内心そう思いながら、マリカは必死で言い訳《わけ》を考えた。

「うちね、結構《けっこう》遠いからいいよ。引っ越《こ》しの片《かた》づけが終わったら、ふたりを招待《しょうたい》するから。それに、さっきも言ったけど、今日来ても犬は親戚《しんせき》のところへ行っていていないよ」

「でも、どんなおうちか見てみたーい!」

「もしかして、広ーいお庭があるんじゃない? 大きい犬を飼《か》ってるんだし」

「う、うん。そんなに広いかどうかはわかんないけど、まあね」

ああ、また嘘《うそ》をついちゃった。嘘《うそ》って一回つくとどんどん大きくなっていくんだなあ。

マリカはでたらめに歩いた。途中《とちゅう》で何度もふたりを追い返そうとしたが、ふたりは家まで行くと言ってきかない。

困《こま》ったなあ。どうしよう?

マリカはいよいよ泣きそうになった。その時、涙《なみだ》でぼんやりとくもった視線《しせん》の先に大きな家があるのが目に入った。しかも、広ーいお庭まである。もう、やけくそだ。

「あれだよ。わたしのうち！」

マリカが指さした家を見て、ふたりは歓声《かんせい》をあげた。

「わあ、すてき！　お城《しろ》みたーい」

「広ーいお庭だーっ！」

「そ、そうかな？　じゃ、このへんでね。バイバイ！」

マリカはそう言って走り去ろうとしたが、なんとふたりも走ってついてくる。

大きな家の庭では、三十代半ばくらいの男の人が、ホースで水をまいていた。

「わあ、もしかして、マリカちゃんのお父さん？」

「カッコいい～！」

男はすらっと背《せ》が高く、たしかに俳優《はいゆう》さんみたいにカッコよかった。

「マリカちゃんのお父さん、こんにちは！」

ふたりが門の手前から大きな声で言った。マズい！　マリカはぎゅっと目をつぶった。

「ああ、こんにちは」

男は水をまくのをやめ、門のほうへ歩いてきながらそう言うと、

「マリカ、おかえり。お友だち？」

と聞いたのだ。予想外の返事に目を開けると、男はふたりには見えないように、マリカに向かってウインクした。

「そ、そうなの。ハナちゃんとマキちゃん」

「ハナちゃんとマキちゃんか、よろしくね。マリカ、お友だちができてよかったじゃないか。中へご招待《しょうたい》したいところだけど、今日はちょっと都合が悪くてね。また今度遊びにおいで」

「はい！　大きなワンちゃんはいつ帰ってくるんですか？」

「ああ……まだちょっとわからないな。体調が悪くてね。ちょっと様子を見てるんだよ。元気になったら遊んであげてね」

「はあい！」

ふたりはすっかり満足したようで、マリカに大きく手を振《ふ》りながら帰っていった。

「さあ、マリカ。中へ入る？」

男はいたずらっぽく、マリカの顔をのぞき込《こ》むようにして聞いた。

「いいえ」

「どうして？　自分の家なのに」

「ごめんなさい。わたし嘘《うそ》をついたのに、助けてもらって。ありがとうございました」

マリカは男に向かって、深々と頭を下げた。

「でも、これからどうするの？　あの子たち、またここへ来るんじゃない？」

「そうですね。正直に話します。嫌《きら》われるかもしれないけど」

「別に、正直に言わなくたっていいんじゃない？」

「え？　ずっと嘘《うそ》をつくってことですか？　そんなことしたらあなたにも迷惑《めいわく》がかかるし……それに、嘘《うそ》をついたのに怒《おこ》らないんですか？」

「うん。別に怒《おこ》らないよ。ここがきみの家だって、話を合わせるくらいならできるから。あのふたりを招待《しょうたい》してもいいし、なんなら大きな犬も用意しようか？」

話があまりにうまくできすぎているので、マリカはだんだん怖《こわ》くなってきた。

「そんな……。ここはあなたの家なんですよね?」

「ちがうよ。うんとお金持ちの人の家。ぼくはそんなにお金は持っていないし」

「え!? だったら、なんであなたがこの家を自由に使えるんですか?」

「ぼくがお金持ちの人から預《あず》かっているんだ。ここの管理をするかわりにね。それに、この家の持ち主はちょっと変わっていて、人がついた嘘《うそ》を買い取って、ホントにするのが趣味《しゅみ》なんだ。ただし、おもしろい嘘《うそ》じゃなければいけないけどね。だから、きみがさっきついた嘘《うそ》をぼくが買う。そして、この家の持ち主に売る。そしたら、その人がきみの嘘《うそ》を本当にしてしまう。どう? 悪くないでしょ?」

「なんだか、夢《ゆめ》みたいな話……」

「ぼくの仕事は良質《りょうしつ》の嘘《うそ》を買って、お金持ちに売ることなんだ。一部のお金持ちの間で、子どもがついた嘘《うそ》を買って本当にするのがはやっているからね。どんどん嘘《うそ》をつきなよ。ぼくがおもしろいと思えば、買い取ってあげる。買うと言っても、きみに直接《ちょくせつ》お金を払《はら》うわけじゃないよ。子どもはお金の使い方を知らないし、悪い大人《おとな》にだまされるかもしれないからね。きみへの報酬《ほうしゅう》は、嘘《うそ》をホントにしてあげること。だから、ホントにしたい嘘《うそ》をつくといい。何か思いついたら、いつでもここにおいで」

「はい」

キツネにつままれたような気持ちで、マリカは自分の家へ帰った。母親に相談《そうだん》しようか迷《まよ》ったが、嘘《うそ》が知れたら怒《おこ》られるに決まっている。第一、シングルマザーの母親は、マリカのために寝《ね》る間《ま》も惜《お》しんで働いているのだ。よけいな心配はかけたくない。

ハナちゃんやマキちゃんに、やっぱり嘘《うそ》でしたと言うのも、今さらという気がした。

乗りかかった船だ。このまま進むしかない。

こうして、マリカは嘘《うそ》の取り引きを始めたのだった。

家の時と同じように、友だちの前でつい見栄をはったために生まれた嘘《うそ》を、次々と男に売っていった。

「家の庭にプールがある」

この嘘《うそ》が売れて、例の家の庭にプールができると、今度は、

「家の中にメリーゴーラウンドがある」

という嘘《うそ》が売れて、屋敷《やしき》の大広間に見事なメリーゴーラウンドができた。

ほかにも「ロボットの料理長がいる」、「中へ入れるお菓子《かし》の家をつくってもらった」などなど……。

男は、マリカが連れてくるクラスメイトたちを分け隔《へだ》てなく家へ招《まね》き、自由に遊ばせてくれた。おかげでマリカはクラス中の、いや、今や学校中の人気者になっていた。

でも、こんなの、わたしの力じゃない。結局、みんなをだまし続けてきたことに変わりはないんだ。

マリカはだんだん、みんなにしたわれることが苦痛《くつう》になってきた。

この家は、わたしの本当の家じゃないし、あの人も本当のお父さんじゃない。優《やさ》しくて少し不思議《ふしぎ》なあの人のことは大好きだけど、お母さんが知ったらなんて言うだろう。

それに、嘘《うそ》を買ってくれる大金持ちがどんな人なのかも全然知らない。

ある日、マリカは決心した。今度あの人に会ったら、もう嘘《うそ》を売るのはやめると言おう。そして、みんなにも本当のことを言おう。早いほうがいい。そうだ、明日にでも。

そう思った矢先、母親に声をかけられた。

「ねえ、マリカ。お母さん、実はおつき合いしている人がいるの。いつか結婚《けっこん》できたらいいなと思っていて、マリカにも紹介《しょうかい》したいんだけど、どうかな？」

「えっ？」

ちょっと照れくさそうに言う母親の姿《すがた》に、マリカは困惑《こんわく》した。両親が離婚《りこん》したのは四年前、マリカがまだ保育園《ほいくえん》に通っていたころだ。正直、留守《るす》がちだったお父さんの顔は、あまりよく覚えていない。

お母さんの好きな人。その人が、そのうち自分のお父さんになるんだろうか？　いったい、どんな人なんだろう？

次の日の夜、マリカは母親に連れられて、ある場所へ行った。

その場所とは、マリカが友だちに自分の家だと言っていた、あの家だったのである。

「はじめまして、マリカちゃん」

男はそう言いながら、母親に見えないようにウインクをした。

「は、はじめまして!」


それから半年ほどたって、マリカは母親とともに、例の家へ引っ越《こ》した。

「ぼくもずっと嘘《うそ》をついていたんだ。ごめんね。この家は、もともとぼくのもの。といっても親からゆずり受けたものだけど。ぼくはとある会社の社長をしていて、仕事先できみのお母さんに出会い、好きになったんだよ。お母さんに、きみの写真を見せてもらったことがあったから、きみが家に来た時もすぐにわかった。今までのことは、お母さんには永遠《えいえん》に秘密《ひみつ》だ。さあ、これからはおたがい嘘《うそ》をつくことなく暮《く》らしていこうね」

「うん! ありがとう、お父さん」

マリカの横には、大型犬が行儀《ぎょうぎ》よくおすわりしている。

こうして、マリカがついた嘘《うそ》は、すべて本当になったのだった。

ロックフォール

今から約四千年前、紀元前二千年ごろ、フランスの南部ロックフォール地方に小さな村があった。

その村にトトムという名の羊飼《ひつじか》いの青年がいた。

彼《かれ》の仕事は日の出とともに新鮮《しんせん》な草のある場所へ羊を連れて行くことだ。

ある日、トトムはいつものように羊たちを日当たりのいい場所で好きなように遊ばせ、自分は洞窟《どうくつ》の入口に座《すわ》って昼食をとっていた。

「あ、ヘウテだ!」

トトムがあこがれているパン屋の娘《むすめ》、ヘウテがこちらに近づいてくるのが見えた。

貧《まず》しいトトムはヘウテの家のパンを買うことはできない。今トトムが手に持っているのも固い自家製《じかせい》のパンに羊の乳《ちち》でつくったチーズを挟《はさ》んだものだ。

トトムははずかしさから、そのチーズを挟《はさ》んだパンを洞窟《どうくつ》の奥《おく》へ投げ入れて隠《かく》した。

もちろんあとで取りに行くつもりだったが、近づいてきたヘウテが手にしていたのは、たくさんの焼《や》き立《た》てパンだった。

「父さんが村長さんにお届《とど》けするパンを焦《こ》がしてしまったの。新しく焼《や》き直《なお》したから、これはもういらないって。トトム、食べてくれない?」

「ありがとう!」

トトムは自分のパンのことはすっかり忘《わす》れてしまい、ヘウテのパンを食べながら彼女《かのじょ》とたくさんおしゃべりをして幸せな午後をすごした。

それからも時々ヘウテはトトムにパンを持ってきてくれた。

しばらくたったある日、村長の息子ナルメスがヘウテと結婚《けっこん》するという噂《うわさ》が流れた。

村では村長の命令はぜったいだ。ナルメスが美しいヘウテを気に入って「結婚《けっこん》する」と言ったらだれも逆《さか》らうことはできない。ヘウテはトトムの前で悲しそうに言った。

「さようなら。もうトトムとは会えないの。今まで楽しかったわ」

トトムはヘウテに会えないのもつらいが、ヘウテがパンを持ってきてくれなくなると、とたんに空腹《くうふく》にも悩《なや》まされるようになった。

(あ、そういえば以前洞窟《どうくつ》の奥《おく》にパンとチーズを放り投げたっけ?)

トトムは洞窟《どうくつ》の奥《おく》へ入り、岩場のかげに落ちているパンを見つけた。

パンの姿《すがた》はほとんど変わっていなかったが、チーズには青いカビが生えていた。

(食べられるかな? どうしようかな?)

トトムが悩《なや》みながら村まで帰ってくると、ちょうどナルメスと出会った。

「トトム、何を持っているんだ?」

ヘウテを奪《うば》った憎《にく》いナルメスの顔を見ると、トトムはつい嘘《うそ》をついてしまった。

「これは秘密《ひみつ》の製法《せいほう》でつくった特別なチーズだ。とても貴重《きちょう》なものなんだよ」

食いしん坊《ぼう》のナルメスはトトムからチーズを奪《うば》い取《と》るとすぐ口に入れた。

(ふん、いい気味だ。おなかでも痛《いた》くなりやがれ)

ところがナルメスの顔は幸せそうにほころんでくる。

「なんておいしいチーズなんだ。こんなもの今まで食べたことがない。これはどうやってつくったんだ？　教えてくれ」

事態《じたい》がよくのみ込《こ》めなかったが、トトムはすかさず言った。

「条件《じょうけん》がある。ヘウテとの結婚《けっこん》を中止にしたら教えてあげるよ」

「ヘウテとは結婚《けっこん》したいが……それ以上にこのチーズがもっと食べたい！　条件《じょうけん》をのもう」

「チーズを洞窟《どうくつ》に寝《ね》かせておくんだ。そうするとこんなふうに青くなる」

村長一家はチーズを洞窟《どうくつ》に運んで、たくさんの青カビチーズをつくった。そのチーズはおいしいと周辺の地域《ちいき》でも評判《ひょうばん》になり、やがてこの村の特産品となった。チーズには羊の乳《ちち》が使われるので羊飼《ひつじか》いのトトムも裕福《ゆうふく》になり、無事ヘウテと結婚《けっこん》することができた。

その青カビチーズはその後四千年以上人々に愛され続け、今でもその村の洞窟《どうくつ》で熟成《じゅくせい》されたものだけが「ロックフォールチーズ」と呼《よ》ばれている。

ライアークラブ

『世の中には嘘《うそ》をつくのが大好きなタイプの人間がいるんだ。俺《おれ》もそのひとりだよ』

サクラは完璧《かんぺき》な女装《じょそう》をした姿《すがた》で、男の声を出しながらそう言った。

事件《じけん》が起こったのは三日前の夜だった。

大変だったその日の仕事が終わり、私《わたし》はひとり、繁華街《はんかがい》の居酒屋《いざかや》でお酒を飲んでいた。

「はぁ、疲《つか》れた……」

OL《オーエル》も楽じゃない。その日は帳簿《ちょうぼ》の金額《きんがく》をまちがえていて、ミスを上司にきつく叱《しか》られたのだ。上司は失敗を許《ゆる》さない人で、過去《かこ》のミスまでさかのぼって注意してきた。

仕事の疲《つか》れを癒《いや》すのは、いつもひとりで飲むお酒だった。

ふらっと新しいお店を開拓《かいたく》して、食事を楽しむのだ。注文したお酒をぐいぐいと飲み干《ほ》すと、ちょうど近くを通りかかった女性《じょせい》店員がテーブル越《ご》しに話しかけてきた。整ったショートボブヘアの、ずいぶんとかわいらしい子だ。

「おかわりいかがですか？　今、うちにおいしいお酒が入ってるんですよ」

彼女《かのじょ》のセールストークに乗せられて、値段《ねだん》も見ないで注文してしまう。

「ありがとう。じゃあ、それお願いするね」

「まいどー。オーナー、今日の銘酒《めいしゅ》お願いしまーす。グラスも下げちゃいますねー」

店員さんが愛嬌《あいきょう》のある甘《あま》ったるい声でオーダーを厨房《ちゅうぼう》に通し、手のひらをこちらに見せて私《わたし》の手にあったグラスを催促《さいそく》する。

「店員さん、かわいいね。いつもここで働いてるの？」

我《われ》ながらおじさんみたいだと思いながら、話しかけたことを後悔《こうかい》するが、店員さんはかわいらしい顔をほころばせると、愛想よく返事した。

「はい。サクラって言います。ここでは長いんですよ」

「きれいな子だからびっくりしちゃった。まるで、女の子らしすぎるっていうか……私《わたし》が見たまぼろしみたいな……実は化けたキツネだったりして」

「女の子らしすぎるって、どういうところがですか？」

「うーん。ちょっと失礼な気もするけど、何か違和感《いわかん》があるっていうか……さっきグラスを下げた時、手の甲《こう》をこちらに向けなかったよね。それが気になったかも」

もしかして、お皿を割《わ》ったとかで手の甲《こう》に傷跡《きずあと》でもあるのかもしれない。

しかし、サクラはそれを聞いて、手の甲《こう》を私《わたし》に見せてきた。

「けっこう勘《かん》がいいですね、お姉《ねえ》さん。実はあたし、化けてるんです」

「化けてる……？」

冗談《じょうだん》だと思いながらも、私《わたし》はサクラの言葉にのってみる。

手の甲《こう》を隠《かく》すという動作の理由を、前にテレビ番組で見たことがあったからだ。

「もしかして……男だったりする？」

バラエティ番組の一コーナーで見たことがある。女装《じょそう》した男性《だんせい》を当てることができるかというクイズ。その時、女性《じょせい》に化けるコツがいくつか紹介《しょうかい》されていた。

たとえば、顔の輪郭《りんかく》を隠《かく》すこと。サクラの髪型《かみがた》はショートボブで、ちょうど輪郭《りんかく》が隠《かく》れるようになっている。手の甲《こう》などごつごつしたパーツを隠《かく》すのもコツのひとつだ。

私《わたし》の答えを聞いたサクラは、にこっと笑って低い声で答えた。

「ご名答。よく俺《おれ》が男だってわかったね」

それから先はとんとん拍子《びょうし》だった。酔《よ》っ払《ぱら》っていて細かいことは定かじゃないが、サクラが嘘《うそ》をついている理由は「嘘《うそ》が好きだから」らしい。

そして、サクラの嘘《うそ》を初めて見抜《みぬ》いた私《わたし》は、『嘘《うそ》を見抜《みぬ》いた者をライアークラブに招待《しょうたい》する』というクラブのルールによって、都心部にあるクラブへと連れてこられたのだ。

「ここがライアークラブの集会所だよ」

サクラが案内したのは、とある雑居《ざっきょ》ビルだった。

エレベーターが来るのを待ちながら、サクラは低い声を隠《かく》そうともせず言う。

「ここでは、嘘《うそ》を楽しむことがルールだ。あんたはなんて偽名《ぎめい》を名乗るのかな」

「じゃあ……ボンにする。何の取《と》り柄《え》もない、ごくごく『平凡《へいぼん》』な人間だから、ボン」

「あはは。ボンか。いい名前だね」

エレベーターが一階に到着《とうちゃく》したので乗《の》り込《こ》む。サクラは軽く咳払《せきばら》いをすると、高い声をつくって「このビルの五階だよ」とボタンを押《お》した。ドアはすぐに開き、きらびやかなシャンデリアや深紅《しんく》のカーペットに彩《いろど》られた、高級感ただよう場所が現《あらわ》れる。

「だ、大丈夫《だいじょうぶ》……？　私《わたし》そんなにお金持ってないんだけど……」

「大丈夫《だいじょうぶ》、大丈夫《だいじょうぶ》。本当のことさえ言わなければ、安く楽しめるとこだから」

美しい女性《じょせい》に化けたサクラは私《わたし》の肩《かた》を叩《たた》くと、じゃあ行ってくるねと言って軽く手を振《ふ》る。彼《かれ》はフロアの奥《おく》にあるテーブルへと向かうと、先客からの歓迎《かんげい》を受けていた。

「え、ちょっと……」

初めてなのにひとりにするの？　そう言おうと思ったが、集会所のマスターらしきバーテンさんが「正体を知ってる者同士、別々に楽しみな」と言って、別の席に案内する。

サクラから聞いていたライアークラブの掟《おきて》は、嘘《うそ》を楽しむこと。

私《わたし》は意を決すると、見ず知らずの人たちがふたりいる席に座《すわ》り、ふだんは飲まないオレンジジュースを頼《たの》んだ。嘘《うそ》をつく集会は、すでにこの時から始まっていたのだ。

「こんばんは。ここは初めてですか？」

口ひげをたくわえたおじいさんが話しかけてきたので、私《わたし》はとっさに考えた嘘《うそ》をつく。

「いえ。かなり久しぶりだから、作法はあまり覚えてないんですけど」

「じゃあじゃあ、あなたのことをいろいろ教えてくださいよ」

テーブルにいたメガネの女の子が話しかけてきた。レンズが入っていないメガネだ。

「私《わたし》は……最近日本に帰国したんです。実は、パティシエの修業《しゅぎょう》をしてたんですよね」

テーブルの人たちが好奇《こうき》の目で、私《わたし》の嘘《うそ》を本当のことのように聞いてくれる。

フランスにスイーツ修業《しゅぎょう》に行ったこと。日本でお店を開くこと。それから、それから。

話し出すと、しだいにエンジンがかかってきたのか、私《わたし》は嘘《うそ》の身の上話を始めていた。

いつもまちがいの許《ゆる》されない仕事をしていたから、その快感《かいかん》は計り知れない。まちがえてもいい、みんなが嘘《うそ》だとわかっている中で、だれも本当の正体を知ろうとしない。

なるほど。ライアークラブはこのためにあるのかもしれない。

話していて私《わたし》はそう感じた。仕事のストレスを晴らすのに、これほどいいものはない。

「……というのが、私《わたし》の今までの経歴《けいれき》って感じです」

長い紹介《しょうかい》を終えると、私《わたし》はオレンジジュースをお酒みたいにぐいぐい飲んだ。話しすぎて、喉《のど》がすっかり渇《かわ》いてしまっていたのだ。

欲望《よくぼう》には嘘《うそ》をつけないな。そう思いながら、私《わたし》は人生最高の一夜をすごした。

翌日《よくじつ》、私《わたし》はその日もライアークラブのあった場所に向かう。

サクラとももっと話したいと思っていたし、また新しい嘘《うそ》をつくのが楽しみだった。

「……あれ？」

しかし、雑居《ざっきょ》ビルの入口にあったはずの看板《かんばん》はどこにも見当たらない。

おかしいな、と思ってエレベーターに乗《の》り込《こ》んで、『5』のボタンを押《お》す。

だけど、そこには……。

「うそ……なんで何も残ってないの⁉」

昨日《きのう》の楽しい一夜から一転、お店はきれいさっぱりなくなっていた。

内装《ないそう》のシャンデリアも、カーペットも残されていない。

まるで、昨日《きのう》見た光景がぜんぶ夢《ゆめ》やまぼろしだったみたいに……。

「……どうかな、俺《おれ》の嘘《うそ》。楽しかった？」

後ろから肩《かた》に手を置かれて、私《わたし》ははっとして振《ふ》り向《む》いた。

肩《かた》にあったその手は、まちがいなく私《わたし》が数日前に男のものだと指摘《してき》した、あの手……。

そこには黒いスーツを着てメガネをかけた、昨日《きのう》とはちがう姿《すがた》のサクラが立っていた。

「とっておきの嘘《うそ》をまた用意するから、出会った日みたいに見破《みやぶ》ってよ」

「なんで私《わたし》が……？」

「あんた、意外と鋭《するど》いからさ。嘘《うそ》を見破《みやぶ》られるスリル、もっと味わいたいんだ」

どうやら私《わたし》は、この男にたいそう気に入られたらしい。

ううん、今の言葉も嘘《うそ》で、本当はだまされている私《わたし》を見て楽しんでいるのかもしれない。

だけど「嘘《うそ》を楽しむ」という言葉だけは、きっと彼《かれ》の本心なんだと思う。

恋《れん》愛《あい》相談

彩乃《あやの》は自室で明日の授業《じゅぎょう》の用意をしたあと、サブバッグに小さな紙袋《かみぶくろ》を入れた。
スマホを手にとり、親友のしずくにメッセージを送る。
あやの《明日、鹿取《かとり》くんにどうやってチョコレートを渡《わた》したらいいかな》
しずく《やっぱり、人目につかないところに呼《よ》び出《だ》して、渡《わた》すしかないよね》
あやの《呼《よ》び出《だ》すチャンス、あるかなあ》
しずく《鹿取《かとり》くんがひとりになった時をのがさないようにね。わたしもチェックしておくから》
あやの《うん。ありがとう♪》
と送ったものの、彩乃《あやの》は大きくため息をついた。

彩乃《あやの》のクラス内のポジションは、その他大勢《おおぜい》の「モブキャラ」だ。

だが、秋の文化祭で物語の鍵《かぎ》を握《にぎ》る重要な脇役《わきやく》を演《えん》じてから、少し意識《いしき》が変わった。

彩乃《あやの》が演《えん》じたのは、最初は善人《ぜんにん》だが、実は悪の組織《そしき》の元締《もとじ》めという役だった。

はじめのうちは台詞《せりふ》を覚えるので精一杯《せいいっぱい》だったが、練習中、演出《えんしゅつ》係の鹿取《かとり》から「いい味を出してる」とほめられ、目の前が明るくなった気がした。

この役をもっと自分のものにしよう！

彩乃《あやの》はいろいろな映画《えいが》を見て、悪役の演技《えんぎ》を参考にした。

そうしてむかえた本番。彩乃《あやの》は鹿取《かとり》の言葉を胸《むね》に、堂々と演《えん》じきった。

舞台《ぶたい》のあと、彩乃《あやの》はあまり話したことのなかった人からも声をかけられた。

「悪人と判明《はんめい》してからの豹変《ひょうへん》ぶりに、鳥肌《とりはだ》がたったよ」

「彩乃《あやの》は舞台《ぶたい》に上がると、存在感《そんざいかん》が増《ま》すね」

数々の好意的な感想は、彩乃《あやの》の心をあたたかいもので満たしてくれた。

なんの取《と》り柄《え》もないと思っていた自分に、少しは誇《ほこ》れるものができた。

そのきっかけをくれた鹿取《かとり》への感謝《かんしゃ》が恋《こい》に変わったのは、当然のなりゆきだった。

しかし、彩乃《あやの》は意識《いしき》するようになってから、かえって鹿取《かとり》に話しかけられなくなった。

いつも離《はな》れたところから目で追うだけ。

このままでは、嫌《いや》だ。クラス内のモブキャラはいいけど、鹿取《かとり》くんにとっての「モブキャラ」にはなりたくない！

そう思って、バレンタインデーにチョコレートを渡《わた》す決意をしたが、いざとなると、勇気がしぼみそうだった。


翌日《よくじつ》のバレンタインデー、タイミングの悪いことに彩乃《あやの》は日直だった。

日直は休み時間のたびに、黒板を消さなければならない。それに、鹿取《かとり》はたいてい友だちとつるんでいて、声をかけられそうになかった。

どうしよう。昼休みをのがしたら、もうチャンスはないかもしれない……。

彩乃《あやの》は緊張《きんちょう》で、給食もあまり喉《のど》を通らなかった。

昼休みになると、女子が男子に声をかけだした。

「町村《まちむら》くん、図書委員でしょ。図書室にゴキブリが出たから捕《つか》まえてよ」

「美化委員の望田《もちだ》くん。家庭科室が水びたしになったの。拭《ふ》くの手伝って」

「佐伯《さえき》くん、保健《ほけん》委員だよね。わたし、ちょっと熱っぽいんだけど、保健《ほけん》室に連《つ》れていってくれる?」

あまり見たことのない光景に、彩乃《あやの》は首をかしげた。

なんか不自然……。みんなもチョコレートを渡《わた》そうとしているのかな?

呼《よ》ばれた男子がつぎつぎに教室を出ていき、鹿取《かとり》が取り残される。

あっと、彩乃《あやの》は立ち上がった。

声をかけるなら、今だ!

ところが、鹿取《かとり》は「おれも行く」と、望田《もちだ》を追いかけて行ってしまった。

彩乃《あやの》はがっくりと、椅子《いす》に腰《こし》を落とした。

もうあきらめよう。渡《わた》して気まずくなるより、モブキャラのままのほうがマシだ。

そう自分に言い聞かせた。

帰りのホームルームのあと、彩乃《あやの》は学級日誌《にっし》を書いていた。

「時間かかるよね？」

しずくに聞かれて、彩乃《あやの》は「うん」と、うなずいた。

「じゃあ、先に帰るね」

スクールバッグを手に、しずくが教室を出て行く。

そこへ、もうひとりの日直、松田《まつだ》がやってきた。

「黒板消しのクリーニング終わったぜ」

「先に帰っていいよ。日誌《にっし》はわたしが出しておくから」

「おっ、サンキュー」

松田《まつだ》が帰ってまもなく、彩乃《あやの》は日誌《にっし》を書き終え、帰り支度《じたく》をした。

教室にはまだ残っている男子や女子がいて、グループに分かれてしゃべっている。鹿《か》取《とり》は部活に行ったのか、帰ったのか、いずれにしても教室にはいなかった。

彩乃《あやの》は職員室《しょくいんしつ》に立《た》ち寄《よ》って日誌《にっし》を提出《ていしゅつ》してから、昇降口《しょうこうぐち》に行った。下駄《げた》箱からくつを取り出そうとして、手がとまる。

くつに紙が入ってる……。

眉《まゆ》をひそめ、折りたたまれた紙を広げると、「教室に戻《もど》れ」とあった。

やだ、いたずら？

無視《むし》して帰ろうと思ったが、ふと、日直の仕事が頭をよぎった。

もしかして、何かやり忘《わす》れた？　教室の窓《まど》はぜんぶ閉《し》まっていたかな。

この学校では日直の仕事をきちんとやらないと、もう一日やる決まりがある。

だれかが親切に教えてくれたのかも。一応確認《いちおうかくにん》しにいこう。

彩乃《あやの》は不安を抱《かか》えながら、二年B組に戻《もど》った。

教室をのぞくと、鹿取《かとり》がひとり立っていた。さっきまでいた生徒はだれもいない。

「あれっ、帰ったんじゃないの？」

彩乃《あやの》がおどろいて声をあげると、鹿取《かとり》はちょっと首をかしげて答えた。

「あ？　ああ、帰るよ」

鹿取《かとり》がスクールバッグを背負《せお》ったのを見て、彩乃《あやの》はあわてて言った。

「ちょっと待って。えと……」

ごそごそとサブバッグから紙袋《かみぶくろ》を取り出して、差し出す。

「あの、バレンタインのチョコなんだけど、もらってくれる？」

鼓動《こどう》が高鳴り、かあっと全身が熱くなる。

鹿取《かとり》はおどろいた表情《ひょうじょう》をしたあと、照れくさそうに紙袋《かみぶくろ》を受け取った。

「ありがとう」


彩乃《あやの》は家に帰ると、スマホをとった。チョコレートを渡《わた》せたと、しずくに報告《ほうこく》するつもりだった。が、ちょうどしずくからメッセージが届《とど》いた。

しずく《おめでとう！》

あやの《なんで知ってるの？》
しずく《くつにメモを入れたのは、わたし。鹿取《かとり》くんにも同じメモを入れた。みんなも協力してくれたんだよ》
あやの《どういうこと？》
しずく《昨日《きのう》、彩乃《あやの》が書《か》き込《こ》んだのは、クラスの女子全員のグループラインだったんだよ。みんな気づかないふりをして見守っていたんだけど、彩乃《あやの》がなかなか鹿取《かとり》くんに声をかけないから、こっそりサポートしたの。
昼休みにクラスの男子にウソの用事を頼《たの》んだり、
放課後に残ってた男子たちを追《お》い払《はら》ったりね！》
彩乃《あやの》はびっくりして、スマホを落としそうになった。まちがえて女子全員に知らせていたなんて、はずかしすぎる。だがそれ以上に、みんなの気持ちがうれしかった。
彩乃《あやの》はグループラインに、メッセージを入れた。
《ありがとう。みんな、大好き！》

嘘《うそ》つきは文明のはじまり

（ああっ、ワープする向きをまちがえた。地球とはまったく逆《ぎゃく》の方向だ）

あと三日で地球に帰れるはずの宇宙船《うちゅうせん》は、まちがったワープで燃料《ねんりょう》を使いはたした。

操縦士《そうじゅうし》のコケは自分の操作《そうさ》ミスを仲間に知られたくなくて嘘《うそ》をついた。

「制御装置《せいぎょそうち》の様子を見るために遠まわりした。地球への到着《とうちゃく》は少し遅《おく》れるかもしれない。でも食料は二か月分以上あるって言ってたよね、ジナ」

食料担当《たんとう》のジナは困《こま》った。

（どうしよう。私《わたし》の計算ミスで本当はあと二日分しか食料がないのに）

ジナは自分の失敗を隠《かく》すために嘘《うそ》をついた。

「食料はたっぷりあるんだけど、味に飽《あ》きたわよね。ねえホト、武器《ぶき》の整備《せいび》はできているんでしょう？　食料を集めることのできる惑星《わくせい》に降《お》りましょうよ」

武器担当《ぶきたんとう》のホトはうろたえた。

（もう地球に帰るから不要かと思って、武器《ぶき》の整備《せいび》なんてしていないぞ）

しかし自分が仕事をさぼったことを知られるわけにはいかないので嘘《うそ》をついた。

「武器《ぶき》はいつでも使えるよ。でもそんなかんたんにいい惑星《わくせい》が見つかるかな？」

コケがモニターを指さした。

「あったぞ。見ろ、青い！　水に覆《おお》われた地球そっくりの惑星《わくせい》だ。緑の植物も見える」

「まあすてき、行きましょう」

「ええっ！　あったの？　行くの!?」

三人は水と植物に覆《おお》われた惑星《わくせい》に降《お》り立《た》った。

そこはほどよいあたたかさで木々に実った果実は甘《あま》く、泉《いずみ》からは新鮮《しんせん》な水が湧《わ》き出《で》ている。

三人が思う存分《ぞんぶん》飲んで食べて日光浴をしてる姿《すがた》を、じっと見ている人影《ひとかげ》があった。

「あ、あそこに人らしい姿《すがた》が見えるわ」

「ほんとうだ。着ているものは原始的な布《ぬの》だな。あまり科学は発展《はってん》していないようだ」

コケが威嚇《いかく》のために銃《じゅう》を人に向けた。

「あれ？　センサーが反応《はんのう》しないぞ」

これ以上は隠《かく》しきれないと思ったホトは白状《はくじょう》した。

「すまん！　武器《ぶき》の整備《せいび》をさぼっていたんだ」

「なんだって！　危険《きけん》じゃないか。すぐに宇宙船《うちゅうせん》に帰ろう」

あわてるコケをジナが引きとめた。

「ごめんなさい！　食料の計算をまちがえたの。あと二日分しかないから残りの日数分の食料をここで集めないとダメなの。コケ、あと何日分あれば大丈夫《だいじょうぶ》？」

「すまない！　ワープの方向をまちがえた。もう燃料《ねんりょう》もない。この星で燃料《ねんりょう》を確保《かくほ》しないと地球には帰れない」

「ええっ、こんな未開の星で宇宙船《うちゅうせん》の燃料《ねんりょう》を得るの？　どうやって!?」

三人がさわいでいる間にも、現地《げんち》の人々は少しずつ三人との距離《きょり》を縮めており、気づくと囲まれていた。

（襲《おそ》われる！）と三人が身構《みがま》えたその時、代表らしき人物がひとり前へ進み出て、地面に膝《ひざ》をつき、深々と頭を下げ、モニョモニョと何かつぶやきはじめた。

ホトがそうっと翻訳機《ほんやくき》を差し出してみると、現地人《げんちじん》の言葉が訳《やく》されて聞こえてくる。

「あなたたちは神さまですか？」

三人は顔を見合わせた。それぞれの頭に数々の創造神話《そうぞうしんわ》が浮《う》かぶ。

ここで宇宙船《うちゅうせん》の燃料《ねんりょう》を得るにしろ、自分たちの生涯《しょうがい》を終えるにしろ、現地《げんち》の人々の信《しん》頼《らい》を得るのは大切なことだ。三人は翻訳機《ほんやくき》に向かって新しい嘘《うそ》をついた。

「われわれは神である」

「われわれの言うことをきけば皆《みな》幸せになるであろう」

「きかなければバチが当たるであろう」

青く美しい惑星《わくせい》で、嘘《うそ》から文明がはじまった。

いいね！

里弥《りや》は画像投稿《がぞうとうこう》SNS《エスエヌエス》《Photogram《フォトグラム》》の有名フォトグラマー。

すてきな出来事やおいしいスイーツを見たらスマホでパシャリ！　Photogram《フォトグラム》に投稿《とうこう》して、たくさんのフレンドから『いいね！』をもらうのが日課になっていた。

「ねぇねぇ、里弥《りや》ちゃん。今日はどのくらい『いいね！』されたの？」

「ざっと二百くらいかな～」

「二百!?　ええっ、すごい！」

クラスでも『いいね！』をたくさんもらえる里弥《りや》は『りゃん』という名前で、地元ではあこがれの対象になっていた。芸能界《げいのうかい》で活躍《かつやく》するモデルや女優《じょゆう》も、時々『りゃん』の写真をシェアするほどで、里弥《りや》はクラスでも鼻高々だった。

「今日の放課後は何を撮《と》ろっかなぁ」

里弥《りや》は休憩《きゅうけい》時間、ぼんやりと考えながら廊下《ろうか》を歩いていた。

その時、突然《とつぜん》スマホの通知音が鳴り出す。

ピロリン♪　ピロリン♪

「わっ……びっくりした。危《あや》うく没収《ぼっしゅう》されるところだったよ」

学校ではスマホの電源《でんげん》はＯ《オ》Ｆ《フ》Ｆにしなきゃいけないのに。あわてて電源《でんげん》を切ろうとした里弥《りや》の手がふいに止まる。スマホにはびっくりするような通知が届《とど》いていたからだ。

『るぅがフレンドになりました！』

「え……？『るぅ』って、あのるぅだよね……!?」

里弥《りや》はその名前を見て、興奮《こうふん》とおどろきに目をおおきく見開いた。

Ｐｈｏｔｏｇｒａｍ《フォトグラム》の中でもトップクラスの『いいね！』を誇《ほこ》る、有名フォトグラマーの中でもさらに有名な、神フォトグラマー。それが『るぅ』だからだ。

「うそ……信じられない！」

スマホの電源《でんげん》を切るのも忘《わす》れて、里弥《りや》はPhotogram《フォトグラム》のアプリを立ち上げる。

そこにはまさしく、『るぅ』本人の使っている宝石のアイコンがあった。

「ほ、ほんとに……」

里弥《りや》はおどろきのあまり、その場にしゃがみ込《こ》んでしまった。

「わたし、『るぅ』とフレンドになったんだ……」

里弥《りや》はその事実をうれしそうに心の中でかみしめて、『るぅ』にメッセージを送る。

「フレンドになったら、やることはひとつだよね……」

『るぅさん、フレンドになってくれてありがとう！　東京住みってプロフに書いてあるから、コラボのお誘《さそ》いしちゃっていいよね！』

明るい文章を入力しながらも、里弥《りや》は少し緊張《きんちょう》していた。

これだけ影響力《えいきょうりょく》のあるフォトグラマー相手にコラボを申《もう》し込《こ》むことは、里弥《りや》にとってかなりの勇気がいるものなのだ。一緒《いっしょ》にテーマを決めて写真を撮《と》って、SNS《エスエヌエス》にアップする。場所が近ければ、一緒《いっしょ》のお店で撮《と》ることもあるのがコラボのルール。だけど、写真のセンスが悪かったら、コラボ相手にも迷惑《めいわく》をかけてしまう。

『るぅ』は写真のセンスが抜群《ばつぐん》にいいから、ふだんはコラボに積極的な里弥《りや》も緊張《きんちょう》する。

だけど『るぅ』は里弥《りや》にとってだけでなく、全世界のフォトグラマーのあこがれだ。

「やらないなんて、もったいないよね……」

そして、その返事はすぐに来た。

『いいよ。わたし、ふだんはあまりコラボしないけど。今週の土曜日、空いてる？』

里弥《りや》は『るぅ』の返事を見ると、すぐに『もちろんだよ！』と返した。


待ち合わせは阿佐ヶ谷《あさがや》駅前。午後一時。

改札前で行き交う人々を見ながら、里弥《りや》は『るぅ』はどんな人なんだろうと考えをめぐらせる。彼女《かのじょ》のことだから、きっとセンスのいいオシャレな服を着ているんだろうな。

そんな予想は見事に的中して。

「お待たせー。『りゃん』ちゃんだよね？」

ベージュのカーディガンに紺《こん》の襟《えり》つきシャツ。黒のプリーツスカート。ついさっき美《び》容院《ようゐん》に行ってきたばかりみたいに整えられたブラウンのショートヘア。瞳《ひとみ》はあたりの光を取《と》り込《こ》んでキラキラとまぶしい。

里弥《りや》は目の前に現《あらわ》れた『るぅ』に、目をかがやかせて一礼した。

「その……きょ、今日はよろしくお願いします！」

「あはは。緊張《きんちょう》しなくても大丈夫《だいじょうぶ》。いつも通りやろうよ！」

明るい性格《せいかく》も想像《そうぞう》通り。里弥《りや》はそんな『るぅ』にドキドキしながら、今日のコラボのプランを説明した。何日も考えたプランを聞き、『るぅ』は「いいね！」とほほ笑んだ。

喫茶店《きっさてん》では、里弥《りや》と『るぅ』はおたがいのことについて話した。

『るぅ』はあまり自分のことをSNS《エスエヌエス》では語らないので、里弥《りや》はそのことに強い関心をもっていたのだ。ケーキの写真をSNS《エスエヌエス》にアップしながら『るぅ』はしゃべる。

「あたしね、このあたりにある音大《おんだい》に通ってるんだ。国館音大《くにたておんだい》って知ってる？」

「えっと……」

「ごめんごめん、りゃんちゃんは中学生だよね。大学のことなんてわかんないか」

そう言いながら、『るぅ』は里弥《りや》に音大《おんだい》で何をしているのか説明してくれた。

『るぅ』は小学生のころから続けてきたフルートを学んでいるそうだ。毎日の授業《じゅぎょう》の話や、日常《にちじょう》の話。その端々《はしばし》に表れる『るぅ』の育ちのよさに、里弥《りや》は感銘《かんめい》を受けた。

「すごい。わたしもるぅさんみたいにすてきな大学生になりたいです！」

「ふふ。りゃんちゃんは今のままでも十分《じゅうぶん》すてきだよ」

里弥《りや》はそんな『るぅ』の言葉に、はずかしそうに頬《ほお》を赤らめる。あこがれのフォトグラマーにこんなにほめられるだなんて、最高にハッピーだよ。なんて思ったりしながら。

ほどなくして、カラメルに彩《いろど》られたガナッシュケーキが店員に運ばれてやってくる。

「ケーキ来たね。撮《と》ろっか！」

ふわふわの生地や、うすく光沢《こうたく》のあるカラメル。とてもおいしそうなガナッシュケーキを前に、里弥《りや》は何枚《なんまい》も写真を撮《と》り直《なお》し、ベストショットを選んで投稿《とうこう》する。いっぽう、『るぅ』は一枚《いちまい》だけ撮《と》ってあっさりと締《し》めくくっていた。

その日の終わり。里弥《りや》と『るぅ』は駅前のカフェでその日撮《と》った写真を眺《なが》めていた。写真には色とりどりのケーキが並《なら》んで、里弥《りや》にはそれが充実《じゅうじつ》した今日という一日を表しているように見えた。しかし、里弥《りや》はカフェの写真に違和感《いわかん》を覚える。

いろんなカフェをまわったはずなのに、必ず同じ男の子が写真に写っていたのだ。

(この人……もしかして、るぅさんのストーカー!?)

思わず店内を見渡《みわた》す里弥《りや》。すると、遠くの席からこちらを眺《なが》める男の子の姿《すがた》が。まちがいない。里弥《りや》は思わず席から立ち上がる。『るぅ』はおどろいて「りゃんちゃん!?」と声をあげた。だが、里弥《りや》には『るぅ』の言葉が耳に入っていなかった。足音がお店に響《ひび》くくらいに力強く、里弥《りや》は男の子の席を目指した。

「……あなた、今日ずっとわたしたちと一緒《いっしょ》のお店をめぐってたよね」

里弥《りや》に力強く詰《つ》め寄《よ》られた男の子は「うぅ……」と声をくぐもらせる。

その様子を見て、里弥《りや》はさらに確信《かくしん》を強めた。「るぅさんにつきまとうの、やめなよ」

……そう男の子に言おうとした瞬間《しゅんかん》、里弥《りや》の後ろから『るぅ』の声がした。

「ごめんなさい！」

「え……？」里弥《りや》はどうして『るぅ』が謝《あやま》ったのかわからない。

里弥《りや》が混乱《こんらん》していると、目の前の男の子は弱々しく言った。

「ぼくが本当の『るぅ』なんだ。この人はぼくのお姉《ねえ》ちゃん……」

そう言われて、里弥《りや》は思い出す。たしかに『るぅ』は今日のコラボでは、かなりあっさりと写真撮影《さつえい》を終えていた。今日に限ってはいつものこだわりが感じられない写真だということに、舞《ま》い上《あ》がっていて気がついていなかったのだ。

「ごめん。でも、男のぼくが『るぅ』だったらがっかりするでしょ」

「…………」里弥《りや》はしばらく考える。……今日のるぅさんはすてきなお姉《ねえ》さんだったけど、わたしが本当にコラボしたかったのは、SNS《エスエヌエス》での『るぅ』のはずだよね。

「しょうがない、今度は本物の『るぅ』とコラボさせてくれるなら、許《ゆる》してあげる！」

里弥《りや》の言葉に、本物の『るぅ』は目を丸くした。それからうれしそうに「うん！」と満面の笑《え》みを見せて答えるのだった。

社長の絵

ぼくは入社面接《めんせつ》で、創業《そうぎょう》百五十年の会社を訪《おとず》れた。社員に案内されて面接《めんせつ》会場に向かうと、廊下《ろうか》にずらりと肖像画《しょうぞうが》が掛《か》かっていた。男性《だんせい》もいれば、女性《じょせい》もいて、皆《みな》にこやかに笑っている。

「すごいですね。社長の絵ですか?」

ぼくが質問《しつもん》すると、社員はニヤッと笑った。

「ええ、すべて社長の絵です」

ぼくは廊下《ろうか》に並《なら》べられた椅子《いす》で待つように言われ、肖像画《しょうぞうが》を眺《なが》めた。歴代の社長のほほ笑みに、親しみを感じる。この安心感、さすがは百五十年も続く会社だ。

先に座《すわ》っていた学生が呼《よ》ばれ、面接室《めんせつしつ》に入っていった。あと四人で自分の番だと思うと、緊張《きんちょう》してトイレに行きたくなった。

廊下《ろうか》を少し戻《もど》ったところにあるトイレに入ると、清掃員《せいそういん》が鏡を拭《ふ》いていた。

清掃員《せいそういん》はぼくを見ると、「どうぞ」と体を後ろに引いた。同時にバケツに足を引っかけ、水をこぼす。

「申しわけありません!」

あわてる清掃員《せいそういん》の顔を見て、ぼくははっとした。肖像画《しょうぞうが》にあった顔だ。

そういえば、タレントのオーディションで、事務所《じむしょ》の社長が清掃員《せいそういん》に扮《ふん》して受験者《じゅけんしゃ》を秘《ひそ》かにチェックしていると聞いたことがある。きっと、この会社もその手を使っているんだ。

ぼくは、壁《かべ》に立てかけられていたモップを握《にぎ》った。

「手伝います!」

清掃員《せいそういん》はおどろいた顔で、ぞうきんを持つ手を振《ふ》った。

「いやいや。あなたは、入社面接《めんせつ》に来た人でしょう?」

「まだ時間がありますから」

ぼくは床《ゆか》を拭《ふ》き、トイレ奥《おく》の清掃用《せいそうよう》の流しでモップを洗《あら》った。その間、トイレを利用する人はいなかったので、ぼくは黙《だま》って作業した。

「真田《さなだ》さん、真田《さなだ》さーん」

廊下《ろうか》で、ぼくを呼《よ》ぶ声がした。

ぼくは大きな声で返事をし、「失礼します」と清掃員《せいそういん》にあいさつをして廊下《ろうか》に出た。

面接《めんせつ》室に入ると、長机《ながづくえ》の向こうに五人の面接官《めんせつかん》が座《すわ》っていた。

「九段《くだん》大学の真田真宙《さなだまひろ》です」

はきはき名乗ると、部屋の真ん中に置かれた椅子《いす》に座《すわ》るよううながされた。

「失礼します」

ぼくが椅子《いす》に座《すわ》ると、面接官《めんせつかん》から質問《しつもん》が投げられた。

「小社にはどんな印象をお持ちですか?」

ぼくは、張《は》り切《き》って答えた。

「さきほど廊下《ろうか》にある社長の肖像画《しょうぞうが》を拝見《はいけん》しまして、どの方からも、安心と親しみを感じました」

「親しみを感じていただけたなら、よかった」

「はい。百五十年続く御社《おんしゃ》の歴史、社風を見た思いです」

面接官《めんせつかん》がいっせいに、ぶっと、吹《ふ》き出《だ》した。ひとりが笑いながら言う。

「あの絵ですよね？」

ぼくはとまどいながら答えた。

「は、はい。社長の絵だと伺《うかが》いました」

「社員は社長から、絵について聞かれたら、そう答えるよう言われております」

「え、歴代の社長の肖像画《しょうぞうが》……ですよね？」

「あれは社長が趣味《しゅみ》で描《か》いた絵です。絵のモデルは、小社の清掃員《せいそういん》やガードマンです」

頭が真っ白になり、ぼくはそのあと、何をしゃべったか覚えてない。

当然のことながら、その晩《ばん》、ぼくは不採用《ふさいよう》の連絡《れんらく》を受けた。

入社面接《めんせつ》が終了したあと、清掃員《せいそういん》は社長室に入った。

デスクにいた秘書《ひしょ》が、顔を上げる。

「いかがでしたか?」

「ああ、今年もいたよ。掃除《そうじ》を手伝ってくれた学生がね」

「社長が自画像《じがぞう》も展示《てんじ》したのは、学生の反応《はんのう》を見るためなのですね」

「不思議《ふしぎ》だよねえ。社長の絵だって言うと、なぜか掃除《そうじ》をしてくれるんだから」

清掃員《せいそういん》の格好《かっこう》をした社長が、ニヤッと笑った。

異《い》星《せい》人《じん》からの手紙

日曜日。ああ、やっと休みだ。まだ八時か。もう少し寝《ね》ていたいな……。

「パパァ！」

天野《あまの》のささやかな願いは、五歳《さい》になる息子によって打ちくだかれた。

「一緒《いっしょ》に朝ごはん食べよ～！」

「ん～、ああ、わかったわかった」

息子に手を引かれてダイニングへ行くと、妻《つま》が朝食の支度《したく》を終えたところだった。

家族三人水入らずの朝食をとったあとで、テーブルのすみの郵便物《ゆうびんぶつ》が目に入る。天野《あまの》はその中に、一風変わった封筒《ふうとう》を発見した。

「なんだ、この下手くそな字は。これ、トモヤが書いたのか？」

天野《あまの》が息子に聞こえないよう、小声で妻《つま》に聞くと、彼女《かのじょ》は首を振《ふ》った。

「ちがうわよ。あの子、まだそんなに字は書けないもの」

「そうだよな。でも、どう見たって子どもの字だぞ。差出人は書かれていないけど、トモヤの友だちとか？　でも、オレ宛《あ》てだし……。あれ、これ切手が貼《は》られてないじゃないか。直接《ちょくせつ》ポストに入れたのか。なんだか気味が悪いなあ」

「そうね。でもまあ、開けてみたら？」

妻《つま》にうながされ、天野《あまの》はハサミを使って慎重《しんちょう》に封筒《ふうとう》を開けた。

中から出てきたのは、同じく小さな子どもが書いたような字でつづられた手紙だった。

ピンポーン！

手紙を読みはじめようとした時、玄関《げんかん》のチャイムが鳴った。

「あ、姉《ねえ》さんだわ。パパ、今日これから姉《あね》たちと出かけてくるの。トモヤも連れて行くから、のんびりしてて」

「ああ、今日だったっけ？　トモヤ、たくさん遊んでこいよ」

ふたりが出かけてしまうと、まるで世界にひとり取り残されたような静寂《せいじゃく》に包まれた。

「さてと。これでも読むか」

天野《あまの》は明るい窓際《まどぎわ》のソファに腰《こし》かけ、さっきの手紙を読みはじめた。

冒頭《ぼうとう》にはたどたどしい字で、次のような内容《ないよう》が書かれてあった。

『わたしは、地球から遠く離《はな》れたある星に住むものです。あなたが夜になると、こちらをよく見ているので、思い切って手紙を書くことにしました。』

天野《あまの》はぎょっとした。

彼《かれ》の帰宅《きたく》時間は遅《おそ》い。深夜をまわることもある。

息子はもちろん寝《ね》ていて、妻《つま》は天野《あまの》の帰宅《きたく》を待って寝《ね》るという日々。

天気のよい夜、天野《あまの》はたいていマンションのバルコニーへ出て、空を見ながら缶《かん》ビールを一本だけ飲む。

駅から近いマンションだから、星はそうそう見えない。でも、天野《あまの》は目を凝《こ》らして、毎晩《まいばん》夜空を眺《なが》めていた。その姿《すがた》が、手紙の差出人に見られていたというのか。

いやいや、まさか。

天野《あまの》は苦笑した。いくらなんでも、そんなわけないだろう。近所の子どものいたずらにちがいない。でもまあヒマだし、最後まで読んでみるか。

読みすすむにつれて、手紙を書いた相手のことがだんだん明らかになった。

差出人が住む星は、地球によく似《に》ているが、地球よりもはるかに文明が進んでいること。差出人は、その星の子どもであること。天野《あまの》に手紙を書いたのは、学校で「地球の人に手紙を書いてみよう」という宿題を出されたからであること。

さらに、こんなことも書いてあった。その星の住人の見た目は、日本人によく似《に》ている。そのため、地球の中でも日本についての研究がさかんであること。学校の授業《じゅぎょう》で日本語を習っていること。でも、その星の人々と地球にいる日本人との関係は、今のところよくわかっていないこと。

いつのまにか天野《あまの》は、その手紙に夢中《むちゅう》になっていた。そして、続きを読んでいくうちに、自分でもおどろくほど、この手紙は異星人《いせいじん》の子どもが書いたにちがいないと思えてきたのだ。

いやいや、そんなわけない。頭では否定《ひてい》しつつも、天野《あまの》はすでにこの手紙の主《ぬし》にたとえようのない親近感を抱《いだ》いていた。

手紙の最後には、こんなことが書いてあった。

『もう少し勉強して、地球へ行ける超《ちょう》高速宇宙船《うちゅうせん》を運転できるようになったら、あなたがこの手紙を読んだあとの日本へ行ってみたいです。そして、あなたに「コンニチハ」とごあいさつをしたいです。』

読み終えたあとで、天野《あまの》はなんとも言えないあたたかい気持ちに包まれていた。天野《あまの》はその手紙をまるで宝物《たからもの》を扱《あつか》うように、自分専用《せんよう》の引き出しにそっとしまったのだった。

夕方、妻《つま》と息子が帰ってきた。

天野《あまの》は妻《つま》に手紙の内容《ないよう》を話したかったが、夕飯の支度《したく》で忙《いそが》しそうだ。

まあ、いいか。あとでゆっくり話そう。

ピンポーン！

息子と遊んでいると、玄関《げんかん》のチャイムが鳴った。

「あら、だれかしら？」

「オレが出るよ」

天野《あまの》が玄関《げんかん》のドアを開けると、そこには息子より少し大きい、小学二、三年生くらいの男の子が立っていた。

「だれ？　トモヤのお友だち？」

「あなたのお友だちです。『コンニチハ』。あ、もう夕方だから『コンバンハ』かな？」

天野《あまの》は男の子の顔をまじまじと見つめた。

「もしかして、手紙の？」

「はい。読んでくれました？」

こんなことが本当にあるんだろうか？　こんな小説みたいなことが、自分に起こるなんて……。

「パパ、だれ？」

「あ、パパのお友だちだよ。この子、オレの息子なんだ」

「そうですか。『コンニチハ』！　あ、『コンバンハ』！」

「こんばんは！」

そこへ、妻《つま》が顔を出した。

「あがってもらったら？　近所の子？」

「うん、まあ、知り合いの子なんだ」

「そう。よかったらごはん食べていかない？　今日ハンバーグなのよ」

「わあ、『アリガトウゴザイマス』！」

異星人《いせいじん》と一緒《いっしょ》に夕飯なんて食べていいんだろうか？　うーん……。

家の中へと招《まね》かれた彼《かれ》は、すでに息子と打ちとけて遊んでいた。こうして見ていると、ただの日本人の子どもにしか見えないが……。

そこへ、再《ふたた》びチャイムの音が響《ひび》いた。

「あ、パパかも」

彼《かれ》がそう言ったので、天野《あまの》はドキッとした。さすがに異星人《いせいじん》の大人《おとな》が来たとあっては、いささか問題だろう。緊張《きんちょう》しながらドアを開けると、そこにいたのは……。

どう見ても、ただの日本人だった。しかも、どこか懐《なつ》かしい顔。

「あれ？　もしかして！」

「ははは。オレだよ、天野《あまの》くん。おどろいた？　その子、オレの息子」

現《あらわ》れたのは、天野《あまの》が小学四年生の時に一学期の間だけ一緒《いっしょ》に過《す》ごした転校生、細井《ほそい》だった。細井《ほそい》とは会った瞬間《しゅんかん》から気が合って、放課後もよく遊んでいた。でも、彼《かれ》の両親が海外へ転勤《てんきん》することになり、もう長いこと連絡《れんらく》を取っていなかったのだ。

「ああ、あの手紙って、そうか！」

天野《あまの》はやっと思い出した。昔《むかし》、おたがいに作文が得意だったふたりは、どれだけ本当らしく嘘《うそ》をつけるか、競い合って嘘《うそ》の手紙を書き、交換《こうかん》し合ったことがあった。そのうちのひとつが、あの手紙だったのだ。汚《きたな》い字だと思っていたのは、二十年ほど前の自分の字にほかならなかった。

「あの小学校の近くに引《ひ》っ越《こ》してきたんだよ。天野《あまの》くんの実家に訪《たず》ねていったら、覚えていてくれてね。住所を教えてもらってポストに入れたんだよ。おどろいただろ?」

いたずらっぽく笑う細井《ほそい》の顔は、小学生の時とさほど変わっていないように見えた。

妻《つま》にも事情《じじょう》を話し、その日は五人で食卓《しょくたく》を囲んだ。ふってわいた楽しい夜だった。

「なかなかいい手紙だったろ? たまたまあの一通だけ出てきてさ。よく書けているなあって感心したんだ。天野《あまの》くん、作家になりたいって言ってたじゃないか」

「ああ、そう思っていたこともあったなあ。今はまったく関係ない仕事をしているけど」

言いながら、天野《あまの》は再《ふたた》び文章を書いてみたいと思いはじめていた。

そして、一年後。天野《あまの》はあの手紙をもとにした小説を書き、とある雑誌《ざっし》の賞に投稿《とうこう》した。それがなんと大賞を受賞し、天野《あまの》はSF《エスエフ》作家としてデビューをはたしたのだ。

その後も、細井《ほそい》とは家族ぐるみのつき合いが続いている。

正義《せいぎ》の味方は恋愛禁止《れんあいきんし》

敦也《あつや》は緊張《きんちょう》して深呼吸《しんこきゅう》した。あこがれの職業《しょくぎょう》につく一日目。自己紹介《じこしょうかい》の場である。

前方のホワイトボードには《地球防衛組織《ぼうえいそしき》アースディフェンダー日本支部・特殊戦隊《とくしゅせんたい》NRF《エヌアールエフ》二十六期》と書かれている。その下にはさらに大きな文字がある《恋愛禁止《れんあいきんし》》。

（恋愛禁止《れんあいきんし》。アイドルみたいだな）

地球防衛組織《ぼうえいそしき》アースディフェンダーは八年前、地球に謎《なぞ》の宇宙《うちゅう》生物が舞《ま》い降《お》りて人々を襲《おそ》ったことをきっかけに組織《そしき》された武装団体《ぶそうだんたい》である。陸海空軍のほか、超特殊素材《ちょうとくしゅそざい》でできた武装《ぶそう》ウェアを着て素手《すで》で戦う特殊戦隊《とくしゅせんたい》NRF《エヌアールエフ》を有している。

敦也《あつや》は今回二百倍の競争率《きょうそうりつ》をくぐりぬけ、NRF《エヌアールエフ》二十六期の一員となった。

NRF《エヌアールエフ》戦闘員《せんとういん》は一期に五名。最初にメカニックや事務《じむ》といった後方スタッフが紹介《しょうかい》され、次に選ばれし五名の勇者があいさつをする。

「高梨敦也《たかなしあつや》。二十七歳《さい》です。今まで運送会社でバイトをしながら正義《せいぎ》の味方になることを夢《ゆめ》見て身体《からだ》をきたえてきました。これから思う存分活躍《ぞんぶんかつやく》したいと思います！」

敦也《あつや》はガッツポーズをして気合いを見せた。

「川下玲亜《かわしたれいあ》、二十三歳《さい》です。大学院生です。学生も続けます。よろしくお願いします」

玲亜《れいあ》はいかにも頭のよさそうなクールビューティだ。

「松井和樹《まついかずき》、三十二歳《さい》。起業しようかNRF《エヌアールエフ》か迷《まよ》ってたんですが、こっちが受かっちゃったんで、ま、しばらく正義《せいぎ》の味方します。よろしくっ」

高そうなスーツを着た和樹《かずき》は、軽く敬礼《けいれい》の真似《まね》をした。

「日村《ひむら》ミト、二十一歳《さい》！　有名になって芸能界《げいのうかい》デビューしたいです」

アイドルスマイルでにっこり笑うミトはまだ高校生のようだった。

「石田賢《いしだけん》、三十八歳《さい》。前の会社はちょっといろいろあって、今はいわゆるニートっていうか……」

賢《けん》は歯切れの悪いままボサボサの頭をペコリと下げた。

最後に白髪《しらが》交じりで恰幅《かっぷく》のいい、いかにも権力者風《けんりょくしゃふう》の長官が、金属製《きんぞくせい》の腕輪《うでわ》を配った。

「これが変身用バングルだ。腕《うで》に装着《そうちゃく》したまえ。身に危険《きけん》が迫《せま》った時『変身』と言えば、このバングルの中に圧縮《あっしゅく》されて入っている、超特殊《ちょうとくしゅ》ボディウェアが全身を包み込《こ》み、生身《なまみ》の状態《じょうたい》より衝撃《しょうげき》には百万倍強くなり、パンチやキックのパワーは二百万倍になる。きみたちは素手《すで》で宇宙《うちゅう》生物と十分闘《たたか》える能力《のうりょく》を身に着けることになるのだ」

「おおっ！　これで正真正銘《しょうしんしょうめい》正義《せいぎ》の味方っすね！」

敦也《あつや》は興奮《こうふん》気味にバングルを装着《そうちゃく》した。玲亜《れいあ》が手をあげる。

「これが、例の変な条件《じょうけん》の理由ですか？」

長官は咳払《せきばら》いをする。

「いかにも。これが皆にお願いする『恋愛禁止《れんあいきんし》』の理由だ。この変身用バングルは危機《きき》を察知《さっち》するのに脳《のう》の変化を測定《そくてい》しているが、恋愛《れんあい》は脳内物質《のうないぶっしつ》を乱《みだ》す一番の悪者だ。ドキドキしたりウキウキしたり落《お》ち込《こ》んだりされては困《こま》る。変身できなくなるのだ。だから恋《こい》をした時点でNRF《エヌアールエフ》から脱退《だったい》してもらう。NRF《エヌアールエフ》は『No romance《ノーロマンス》 forever《フォーエバー》』の略《りゃく》だ。正義《せいぎ》の味方に恋愛《れんあい》は必要ない！」

翌日《よくじつ》から特殊戦隊《とくしゅせんたい》NRF《エヌアールエフ》戦闘員《せんとういん》としての勤務《きんむ》がはじまった。

勤務《きんむ》する日は、出社時一番に健康診断《しんだん》ブースに入って、かんたんな健康診断《しんだん》を受けたあとマイクに向かって「恋愛《れんあい》していません」と大きな声で言わされる。なんだかバカバカしいが数回やると慣《な》れた。

勤務日《きんむび》といっても現在《げんざい》計十二期の部隊が活動しているので、最初のうちは基地《きち》内待機が続いた。敦也《あつや》たちが最新の二十六期だから残りの十四期は隊員が掟《おきて》をやぶり恋愛《れんあい》して変身できなくなったから解散《かいさん》したということだ。

(やっと念願の正義《せいぎ》の味方になれたんだ。オレはぜったい恋愛《れんあい》なんてしないぞ)

勤務《きんむ》七日目に宇宙《うちゅう》生物が現《あらわ》れた。後方スタッフが叫《さけ》ぶ。

「宇宙《うちゅう》生物ボムボムダー出現《しゅつげん》！　直径一メートル、ボール状《じょう》のボムボムした生き物です」

敦也《あつや》たち五人はNRF《エヌアールエフ》専用《せんよう》小型飛行機に乗《の》り込《こ》み現場《げんば》へ急行する。

ボール状《じょう》のフワフワした生き物が大群《たいぐん》となって街へなだれ込《こ》んできている。

「変身！」「変身！」「変身！」「変身！」「変身！」

叫《さけ》んだとたんバングルからそれぞれ赤青黄緑紫《むらさき》のウェアが飛び出して身体《からだ》を覆《おお》う。

敦也《あつや》は黄色だった。ウェアに包まれたとたん全身に力がみなぎってくるのを感じた。

宇宙《うちゅう》生物ボムボムダーはＮＲＦ《エヌアールエフ》戦士たちが指でちょんとつついただけでシャボン玉のように弾《はじ》けて消えた。五人は片っ端《ぱし》からボムボムダーをつついて倒《たお》した。

「やったー！　初戦圧勝《あっしょう》だぜ！」

敦也《あつや》は念願の正義《せいぎ》の味方になれたことを心から喜んだ。

しかし満足に闘《たたか》えたのはこの一回だけだった。

二日後、宇宙《うちゅう》生物ゲムゲムダーが襲来《しゅうらい》したのに現場《げんば》で玲亜《れいあ》だけが変身しない。

「変身！　変身！」と何度も大声で言うが、ずっと通常《つうじょう》ユニホームのままだ。

玲亜《れいあ》が襲《おそ》われそうになった時、ブルーの賢《けん》が後方へ玲亜《れいあ》を連れて行った。

ゲムゲムダーは細長い生物だ。四人でパンチやキックをくり出して倒《たお》した。

「ごめんなさい。私《わたし》、好きな人ができたの……」

基地《きち》に戻《もど》ると、澄《す》ました大学院生だったはずの玲亜《れいあ》が頬《ほお》を染《そ》めてうつむいている。

「二日前のボムボムダーの時は変身していたじゃないか。あれからずっと基地《きち》内待機だぞ。恋愛《れんあい》なんてどこでだれとするんだ!?」

敦也《あつや》は思わず疑問《ぎもん》を口にした。

玲亜《れいあ》がちらりと賢《けん》を見る。敦也《あつや》はまたもや声が出た。

「あいつ、ボサボサ頭のニートだぞ!」

玲亜《れいあ》は「関係ないでしょ!」と敦也《あつや》をにらみ、部屋を出て行った。

あとでミトに聞くと、玲亜《れいあ》は年上のダメ男に冷たくされるのが好きらしい。さらに当の賢《けん》は「僕《ぼく》には関係ない」とまったく意に介《かい》さない様子でカッコつけているそうだ。

ところがというか案の定というか、次のガダガダン戦では、賢《けん》が変身できない。

「くそ! おかしいな!? 変身! 変身!」

(けっ! しらじらしい)

ガダガダンにガダガダガダと攻撃《こうげき》される賢《けん》をそのまま放置しようかと目くばせしあっていた敦也《あつや》と和樹《かずき》は後方スタッフに怒《おこ》られた。敦也《あつや》たちはしぶしぶ賢《けん》を回収《かいしゅう》する。

「すまん、どうやらあいつの魅力《みりょく》に負けちまったみたいだ。やっぱ女の涙《なみだ》にゃあ……」

敦也《あつや》は賢《けん》の言い訳《わけ》を途中《とちゅう》でさえぎった。

「出勤時《しゅっきん》に『恋愛《れんあい》していません』って宣言《せんげん》したはずだろう？」

「ああ、恋愛《れんあい》なんてしていないって思ってた。嘘《うそ》はついてない。それなのにさっき玲亜《れいあ》の顔を見たら急にドキドキして……、これが恋《こい》なのか？」

玲亜《れいあ》と賢《けん》は手に手をとって地球防衛組織《ぼうえいそしき》を出ていった。見送ったのはミトだけだ。

「ふたりでカフェをはじめるんだって」

「あのふたりがねぇ。まあ危険《きけん》な場所で共に闘《たたか》ってれば、恋《こい》も芽生《めば》えるかもしれないな」

敦也《あつや》はそう言ってミトのほうをチラリと見たが完全に無視《むし》された。

「まあいい、これからは三人でがんばろうぜ！　和樹《かずき》、ミト、恋愛《れんあい》するなよ」

「もちろんだ」

「わかってるわよ！」

しかし、次は和樹《かずき》が変身できなくなった。

宇宙生物《うちゅう》スッテンコロンに転がされながら、「へんしーん、へんしーん」和樹《かずき》が叫《さけ》ぶ。

「和樹《かずき》！　これだけ戦闘《せんとう》続きで、どうやって恋愛《れんあい》できんだよ。ミトなのか？」

「ちがう！　オレの女神はあの方だ！」

和樹《かずき》が指さした方向には後方スタッフのトラックがあった。トラックの側面には特殊《とくしゅ》部隊NRF《エヌアールエフ》のバーチャルアイドル、宇宙《そら》ちゃんが描《えが》かれている。

「あれは二次元だ！」

「今度立体映像《えいぞう》ができるんだ、先週テストに参加して基地内《きちない》をデートしたんだ。もう二次元なんかじゃないんだぁーー」

「知るかー！」

スッテンコロンは結局、敦也《あつや》とミトのふたりで闘《たたか》って倒《たお》した。

（こうなったら次はミトがオレのことを好きになるのか？　どうしよう……）

しかしなぜかミトは敦也《あつや》の魅力《みりょく》に気づかず、ふたりはそのあとも元気に闘《たたか》った。

数週間後、長官が言った。

「きみたちは優秀《ゆうしゅう》だな。そろそろ人数の減《へ》った他のチームと合流することも考えよう。優秀《ゆうしゅう》な人材《じんざい》が五人集まれば最強部隊のでき上がりだ」

ところが次の戦闘《せんとう》でミトは変身できなくなった。宇宙《うちゅう》生物ズルズルーがせまってくる。

「ミト！　どうしたんだ！　オレ何かカッコいいことしちゃった？」

「あんたじゃない！　私《わたし》、やっぱり長官が好き。ほめられてうれしい。ときめいたの！」

「はあぁ！　あいつ白髪頭《しらがあたま》のジジイじゃないか！　親子くらい歳離《としはな》れてない!?」

「関係ないわ！　独身《どくしん》だしいいでしょ！」

長官が独身《どくしん》だなんていつ調べたんだ？　と思いながらズルズルーを怒《いか》りのパワーで吹《ふ》っ飛《と》ばし敦也《あつや》は基地《きち》に戻《もど》った。

「すまない……」

長官は赤い顔をして敦也《あつや》を出迎《でむか》えた。照れているようだ。

（長官！　おまえもか！）

「実は隊員《たいいん》を集計し直すとひとり余《あま》るんだ。しばらく敦也《あつや》隊員はひとりで頼《たの》むよ」

その後も出勤《しゅっきん》のたびに敦也《あつや》は「恋愛《れんあい》していません」と宣言《せんげん》している。

玲亜《れいあ》と賢《けん》からはカフェオープン記念パーティーのハガキが届《とど》いた。

和樹《かずき》は広報部《こうほうぶ》へ転属《てんぞく》しバーチャルアイドル宇宙《そら》ちゃんの開発に没頭《ぼっとう》している。

ミトは長官と結婚《けっこん》して専業主婦《せんぎょうしゅふ》だ。エプロン姿《すがた》のミトの写真を持ち歩いている長官が近づいてくる。

「今日が無事《ぶじ》終われば敦也《あつや》隊員には一年欠勤《けっきん》なしの皆勤賞《かいきんしょう》をあげよう。副賞はバーチャルアイドル宇宙《そら》ちゃんのコンサートチケットだ」

「いりません!!」

敦也《あつや》はあこがれだった正義《せいぎ》の味方として日々闘《たたか》いながら、ふと「脱落《だつらく》したメンバーのほうが幸せなのでは？」と思ってしまうことがある。

北高のシンデレラ

わたしは本物のシンデレラを知っている。

演劇部《えんげきぶ》の陽萌先輩《ひめせんぱい》。それがシンデレラの正体だ。

だけど、シンデレラはいつも灰《はい》かぶりの姿《すがた》をして表舞台《おもてぶたい》に姿《すがた》を現《あらわ》さない。魔法《まほう》にかけられるのを恐《おそ》れているみたいに、先輩《せんぱい》はその日も裏方《うらかた》として衣装《いしょう》づくりに励《はげ》んでいた。

「先輩《せんぱい》。なんで衣装係《いしょうがかり》なんてやってるんですかー。せっかく才能《さいのう》があるのに……」

「菜々《なな》ちゃん、衣装係《いしょうがかり》も立派《りっぱ》な仕事なんだから。『なんて』なんて言わないの」

陽萌先輩《ひめせんぱい》は手元を見ていてずれたメガネを直しながら、口を尖《とが》らせる。

「でも、先輩《せんぱい》は中学生のころ主演女優《しゅえんじょゆう》だったじゃないですか」

「北高は演劇《えんげき》の強豪校《きょうごうこう》でしょ。私《わたし》なんて全然。女優《じょゆう》は中学で満足しちゃったのよ」

陽萌先輩《ひめせんぱい》はあまり触《ふ》れてほしくないのか、「それよりも」とわたしの手元を指さす。

「手が止まってるよ。文化祭まで時間がないんだから、ちゃんと間に合わせなきゃ」

「先輩《せんぱい》が役者するならマッハで仕上げちゃいますよ。裏方《うらかた》なんてわたしみたいな地味なのがやればいいんです。先輩《せんぱい》は華《はな》があるんだし、役者やりましょうよー」

「はぁ。またこの子はそう言って……」

と言いながらも、わたしは陽萌先輩《ひめせんぱい》が役者をあきらめてないって気づいてる。

放課後にひとりで練習しているのを、わたしは偶然《ぐうぜん》見ちゃったんだ。

「アーデルベルト。おまえは改革派《かいかくは》の手引きをしていたのだろう。すべて見抜《みぬ》いているぞ。……この私《わたし》が氷の女王と呼《よ》ばれていたこと、ゆめゆめ忘《わす》れるな」

それは、文化祭の主役・リトヴァク王女の一幕《ひとまく》。王女が大臣アーデルベルトの不正を暴《あば》き、遥《はる》か東方に追放するクライマックスのセリフ。

その日、たまたま遅《おそ》くまで残っていたわたしは、陽萌先輩《ひめせんぱい》の練習している姿《すがた》を見て、やっぱりこの人は女優《じょゆう》をやるべき人なんだって思った。舞台《ぶたい》という、いってみれば嘘《うそ》しかない世界が、陽萌先輩《ひめせんぱい》が演《えん》じるだけで『本当』に見えるのだ。

「中学の時みたいに積極的《せっきょくてき》になってくれたら、みんなが先輩《せんぱい》の才能《さいのう》に気づいてくれるのに。裏方《うらかた》なんて、先輩《せんぱい》にはもったいないよ……」

陽萌先輩《ひめせんぱい》に聞こえないように、小さな声でぼやいていると、縫《ぬ》い針《ばり》が指に刺《さ》さる。

「痛《いた》っ！」

「もう。また変なこと考えてたんでしょ。絆創膏《ばんそうこう》持ってくるから待っててね」

陽萌先輩《ひめせんぱい》はこんなダメダメなわたしにも優《やさ》しい。

優《やさ》しすぎて役者志望《しぼう》の人の中に割《わ》って入れないのかも……なんて思いながら、わたしは陽萌先輩《ひめせんぱい》の愛のほどこしを受けていると、ふいに考えが浮《う》かんだ。

「……陽萌先輩《ひめせんぱい》。せっかくだからセリフの読み合いっこしながらやりませんか？」

「なんで？」

「だれかの目に留《と》まって主役に大抜《だいばっ》てき！　とか、あるかもしれないと思ってですね」

「ケガをしたばかりなのによく言うなぁ。台本は覚えてるの？」

「はい！　陽萌先輩《ひめせんぱい》が読んでる姿《すがた》を想像《そうぞう》してたら、いつのまにか覚えちゃって……」

わたしのバカな答えに先輩《せんぱい》は呆《あき》れながらも「しょうがないなぁ」と言うのだった。


文化祭が目前に迫《せま》った戸道《とのみち》北高校は、授業《じゅぎょう》の代わりに準備《じゅんび》の時間が設《もう》けられる。

体育館では演劇部《えんげきぶ》以外にも、いくつかの文化部が当日に向けての準備《じゅんび》を進めていた。

にわかに非日常《ひにちじょう》の雰囲気《ふんいき》を漂《ただよ》わせる感じ。こういう空気、わたしはとても好きだ。

リハーサルに向けて、わたしと陽萌先輩《ひめせんぱい》は舞台袖《ぶたいそで》の控《ひか》え室で役者にメイクをする。

そんなわたしに鏡《かがみ》を通して向き合いながら、二年生の香奈先輩《かなせんぱい》はうれしそうに言った。

「菜々《なな》ちゃん手慣《てな》れてるねぇ。中学の時から裏方《うらかた》だったんだっけ？」

「はい。といっても、人数が少なかったので役者としてもチョイ役で出てた感じです」

「なるほどね。じゃあ、高校からはじめた私《わたし》より先輩《せんぱい》なんだ」

香奈先輩《かなせんぱい》がほめてくれて、ちょっとうれしい。北高の演劇部《えんげきぶ》は上下関係に厳《きび》しいから、わたしと気軽に話してくれる先輩《せんぱい》は少ないのだ。

「陽萌先輩《ひめせんぱい》も同じ中学だったんですよ。先輩《せんぱい》、すごく演技《えんぎ》がうまいんです」

「あ、そうなんだ。陽萌《ひめ》もせっかくだからメイクしてもらったらー？」

香奈先輩《かなせんぱい》は隣《となり》で別の役者にメイクしている陽萌先輩《ひめせんぱい》に話しかける。

本番直前だからか、陽萌先輩《ひめせんぱい》はちょっとピリピリした様子で答えた。

「ごめん、本番前に遊んでるわけにはいかないよ」

だけど、香奈先輩《かなせんぱい》はおかまいなしだ。

「まあまあ、そんなこと言わずにさ。菜々《なな》ちゃんもそう思うよね？」

「はい！　わたし、陽萌先輩《ひめせんぱい》にメイクしたいです！」

わたしの日ごろの陽萌先輩《ひめせんぱい》好き好きアピールが効《き》いたのか、控《ひか》え室では「やってみたら」「陽萌《ひめ》っちぜったい似合《にあ》うよー」とさまざまな発言が飛び交った。

そんな空気に、陽萌先輩《ひめせんぱい》は「軽くでいいからね」と念を押《お》して席に座《すわ》る。

先輩《せんぱい》には主役が似合《にあ》う。せめてメイクだけでも。

「そ、そんなに見ないでくれる……？」

メイクを終えて、顔を赤らめる陽萌先輩《ひめせんぱい》。だけど、だれもが先輩《せんぱい》の美しさを認《みと》めてる。メガネで隠《かく》していたガラス玉みたいな瞳《ひとみ》。玉のようなつやつやの肌《はだ》。そう、先輩《せんぱい》は少なくとも、こんなところで裏方《うらかた》をやっているべき人じゃない。それだけの才能《さいのう》が、かがやいているんだから。

だけど、そんな空気に水を差すみたいに、控《ひか》え室の入口から声がした。

「……ちょっと、あなたたち何やってるの？」

三年生の『女王様』沙弥先輩《さやせんぱい》。演劇部《えんげきぶ》でいちばんプライドが高くて怖《こわ》い先輩《せんぱい》で、当然わたしたちの思いつきにも目くじらを立てる。

「衣装係《いしょうがかり》。あなたたち、仕事を放り出して自分にメイクしてるの？」

「ええと、その……」わたしは言《い》い訳《わけ》しようか迷《まよ》ったけど、『女王様』の沙弥先輩《さやせんぱい》には通用しなさそうだった。わたしは意《い》を決して、本当のことを言った。

「陽萌先輩《ひめせんぱい》はわたしと一緒《いっしょ》に衣装係《いしょうがかり》なんてやってる場合じゃないんです。中学校のころから主演《しゅえん》だったすごい人です。演技《えんぎ》で勝負して、勝ったら舞台《ぶたい》に出させてください」

「何を今さら。まあ、そこまで言うならのってあげましょうか」

どうせ私《わたし》が勝つのだから。そう言いたげな沙弥先輩《さやせんぱい》を見て、陽萌先輩《ひめせんぱい》は言った。

「菜々《なな》ちゃん、勝手なこと言うのやめてよ」

「先輩《せんぱい》、役者あきらめるんですか……？」

陽萌先輩《ひめせんぱい》の手を取る。必死なお願いに、先輩《せんぱい》はうつむいて複雑《ふくざつ》な顔をする。

「じゃあ、菜々《なな》ちゃんが先に演技《えんぎ》するなら私《わたし》もやる。ぜんぶ覚えてるでしょ、セリフ」

「わかりました……それで先輩《せんぱい》が、自分のことをアピールしてくれるなら」

わたしと沙弥先輩《さやせんぱい》は、体育館の壇上《だんじょう》にふたりで立った。文化祭の準備《じゅんび》をしている生徒たちが観客《かんきゃく》だ。演技《えんぎ》するのはひさしぶりだけど、陽萌先輩《ひめせんぱい》が舞台《ぶたい》に出られるなら。

わたしは必死で演技《えんぎ》をした。陽萌先輩《ひめせんぱい》のためなら、なんだってやれる。

すらすらとセリフが出てくる。わたしは陽萌先輩《ひめせんぱい》が演《えん》じるべき女王の役を、想像《そうぞう》しながら演《えん》じていく。だけど途中《とちゅう》で、沙弥先輩《さやせんぱい》の声がさえぎった。

「ちょっと止《や》めなさい！　なんなのよ、あなたは……」

ハッと我《われ》に返ると、まばらな拍手《はくしゅ》が聞こえてきた。拍手《はくしゅ》はやがて大きな喝采《かっさい》となる。

わけがわからない。これじゃ、まるでわたしが大舞台《おおぶたい》を終えた人気女優《じょゆう》みたいだ……。

陽萌先輩《ひめせんぱい》は壇上《だんじょう》のわたしを見ながら、きれいな涙《なみだ》をぽろぽろとこぼしていた。

「菜々《なな》ちゃん。あなたはいつも、私《わたし》を追い越《こ》していくよね。セリフも演技《えんぎ》も、練習しなくたってすぐにできちゃう。菜々《なな》ちゃんには夢《ゆめ》を現実《げんじつ》にする力があるんだよ」

「わたしはそんな……陽萌先輩《ひめせんぱい》のほうが、もっと才能《さいのう》あって主役にふさわしいです」

「ううん。私《わたし》が役者をやめたのは、あなたの才能《さいのう》のせいなんだよ、菜々《なな》ちゃん。無自覚なままに才能《さいのう》を叩《たた》き付《つ》けて……あなたが私《わたし》の自信を壊《こわ》したの！」

演劇《えんげき》は才能《さいのう》の世界。だから先輩《せんぱい》に役者をしてほしい。それが残酷《ざんこく》な結末を呼《よ》ぶとも知らないで、わたしは先輩《せんぱい》を、何度も何度も「才能《さいのう》」という言葉で傷《きず》つけていた。

陽萌先輩《ひめせんぱい》……ごめんなさい。わたし、そんなつもりじゃなかったのに。

わたしが夢《ゆめ》見ていた陽萌先輩《ひめせんぱい》のイメージが、その時、ぱちんと音を立てて弾《はじ》けた。

本物のシンデレラを、わたしは知っていたはずなのに……。

理想の恋人《こいびと》

ここだけの話、オレには彼女《かのじょ》が五人いる。

一番つき合いが長いのは、大学で出会ったユウカ。オレと同い年だから、今年で二十五歳《さい》。何より、顔が好みのタイプ。性格《せいかく》は普通《ふつう》だと思うけど、やっぱり顔が好みかどうかっていうのは重要だよな。

次につき合いが長いのは、オレが勤《つと》める会社で事務《じむ》をしているナナコさん。五つ年上だ。顔はそこまで好みじゃないけど、とにかくオシャレで流行に敏感《びんかん》。デートで行きたいって言う場所が、トレンドをおさえていてセンスがいい。

その次につき合いが長いのは、取引先の一流企業《きぎょう》に勤《つと》めるホナミ。歳《とし》はひとつ下だけど、かなり頭がよくて、英語もペラペラ。仕事上の悩《なや》みを相談すると、的確《てきかく》なアドバイスをくれるし、その通りにすると百パーうまくいく。

あとは、つき合ってまだ一年に満たない子がふたり。ひとりは合コンで知り合った短大生のサワ。彼女《かのじょ》とはとにかく趣味《しゅみ》が合う。好きなミュージシャンやお笑い芸人が一致《いっち》しているので、コンサートやライブに一緒《いっしょ》に行くとめちゃくちゃ盛《も》り上がって楽しい。

もうひとりは、よく行く歯医者で歯科衛生士《しかえいせいし》をしているアヤ。たまたまカフェでばったり会い、お茶をしたことから仲良くなった。とにかく優《やさ》しくて、一緒《いっしょ》にいて癒《いや》される。しばらく会わなくても、こっちから連絡《れんらく》しなくても怒《おこ》ったりしない。

「で、結局、だれが本命なんだよ?」

友人の田代《たしろ》に聞かれて、オレはこう答えた。

「五人はそれぞれちがう魅力《みりょく》の持ち主だから、だれかひとりにしぼるなんてできない」

すでに結婚《けっこん》している田代《たしろ》は、すっかり呆《あき》れ顔《がお》だ。

「でも、結婚《けっこん》できるのはひとりなんだぞ。いつかはひとりにしぼらなきゃいけないだろ」

「だったら、オレは結婚《けっこん》なんてしないよ。五人の魅力《みりょく》をすべてもつ女性《じょせい》が現《あらわ》れない限《かぎ》り」

ある時、オレは自分のブログを更新《こうしん》しようとして、見知らぬ人からメッセージが届《とど》いていることに気づいた。

「だれだ、これ？」

メッセージの内容《ないよう》はこうだった。

『たまたま、このブログを発見して、読んでみたらどの記事もおもしろかったので、ついメッセージを送ってしまいました。わたしもブログを書いているので、よかったら読んでみてください。趣味《しゅみ》や考え方が合いそうな気がしています。』

イタズラかな？　と疑《うたが》いつつも、メッセージのあとに貼《は》り付《つ》けられていたリンクをクリックした。すると、メッセージの送り主である女性《じょせい》のブログにたどり着いた。

そのブログを読んでいくうちに、オレは雷《かみなり》に打たれたようなものすごい衝撃《しょうげき》を受けた。

まず、プロフィールの写真。かなりオレ好みの顔だ。

そして、記事の最後に必ずアップされている写真。カフェや自宅《じたく》で撮《と》ったと思われるものが多いが、写《うつ》り込《こ》んでいるものすべて、とてもセンスがいい。

勤《つと》め先《さき》や、職種《しょくしゅ》についてはっきりとは書かれてはいないが、記事の内容《ないよう》を読《よ》み込《こ》んでいくと、一流企業《きぎょう》で働いているようだった。文章も読みやすい上に知的で、彼女《かのじょ》が聡明《そうめい》な女性であることがうかがえる。

しかも、それだけではない。なんと、オレが好きなミュージシャンのコンサートや、お笑い芸人のライブに行ったという記事まであったのだ。

彼女《かのじょ》のブログを読めば読むほど、オレは彼女《かのじょ》に会って話をしてみたい衝動《しょうどう》にかられた。

そこで、彼女《かのじょ》にメッセージを送ってみた。

『メッセージ、ありがとうございました！　あなたのブログを読ませてもらいましたが、あなたの言う通りでした。趣味《しゅみ》や考え方が、びっくりするほど合っています。運命の人かもしれないと思いました。よかったら、一度お会いしてみたいです。』

すると、次の日になって、彼女《かのじょ》から返事が届《とど》いた。

『わあ、そんなふうにおっしゃっていただけてうれしいです。でも、ネット上で知り合った方といきなりお会いするのは、ちょっと緊張《きんちょう》しちゃいます。先にこちらからご連絡《れんらく》したのに、ごめんなさい。ブログは引き続き拝見《はいけん》させていただきますね！』

そのやんわりとした断《ことわ》り方に、オレはいっそう好感を抱《いだ》いた。

それに、すぐに会ってはくれないということが、かえってオレを燃《も》えさせた。今まで一週間に一回程度《ていど》だったブログの更新《こうしん》を、毎日するようになった。

彼女《かのじょ》がオレにぜひ会ってみたいと思う記事を書かなくては。

オレは自分でも不思議《ふしぎ》なくらい、まだ会ってもいないブログの彼女《かのじょ》に夢中《むちゅう》になり、五人の恋人《こいびと》たちのことまで気がまわらなくなっていた。


そんな日々が三か月ほど続いたころ、ついにブログの彼女《かのじょ》からこんな連絡《れんらく》がきた。

『ここ数か月、あなたのブログを拝見《はいけん》してみて、わたしの理想の人かもしれないと思うようになりました。ぜひ会ってお話ししてみたいです。』

これを読んだ時、オレは何度も何度もガッツポーズをした。もしかしたら、これが本当の恋《こい》なのかもしれない。ブログの彼女《かのじょ》とつき合えることになったら、オレはもう彼女《かのじょ》ひとりだけを大事にする。だって、彼女《かのじょ》は五人分の魅力《みりょく》を、ひとりでぜんぶ兼《か》ね備《そな》えているのだから。

そんなことを思いながら、待ち合わせ場所にたどり着いた。

「あれ、マサヤじゃない？　久《ひさ》しぶりね」

後ろから声をかけられ、振《ふ》り返《かえ》るとユウカがいた。よりによってこんな時に偶然《ぐうぜん》出くわすなんて。もうすぐ彼女《かのじょ》が来るのに……。

やきもきしていると、今度は目の前にナナコさんが現《あらわ》れた。

「マサヤ！　こんなところで会えるなんて！　あれ、この子は？」

「あ、わたし、マサヤの彼女《かのじょ》のユウカです」

「彼女《かのじょ》？　彼女《かのじょ》はわたしだけど……」

なんだよ、これ。あまりに最悪な事態《じたい》にぼうぜんとしていると、さらにホナミが向こうからやってきた。そして、サワとアヤまで。

こんなところに一気に五人全員集まるなんて。どうなってるんだよ、いったい。

「わたしがマサヤの彼女《かのじょ》よ」

「何言ってるのわたしよ」

と言い合っている五人の間に割《わ》って入って、オレはこう言った。

「ごめん！　実はオレ、ここにいる全員とつき合ってた。でも、オレ、好きな人ができたんだ。今は、その人さえいればいいと思ってる。だから、もう帰ってくれないか」

ののしられるのを覚悟《かくご》で、オレは深々と頭を下げた。すると、クスクスという五人の笑い声が聞こえてきたのである。

顔を上げると、五人が仲良さそうに笑い合っていた。

なんだよ。よくわかんないけど、早く帰ってくれよ。彼女《かのじょ》が来ちゃうじゃないか。

「その彼女《かのじょ》なら、もう来てるわよ」

ナナコさんがそう言うと、他の四人がたまらないというように大笑いした。

「どこに？」

ユウカが、ブログの彼女《かのじょ》のプロフィール写真をオレの目の前につき出した。

「これ、わたしの顔写真を加工してつくったの」

「は？」

「ブログの記事も、写真もみんなで協力したんだよ～」

言いながら、サワがさもおかしそうに笑いころげている。

「なんで？　きみたちはなんの接点《せってん》もないはずなのに」

「女子の情報網《じょうほうもう》を甘《あま》くみすぎね」

ホナミが冷ややかに言い放った。

「つまり、あなたの理想の女性《じょせい》は、わたしたち五人のコラボによって生まれたってこと」

そう言ったアヤの口調は穏《おだ》やかだったが、目は笑っていなかった。

そして、オレは理想の女性《じょせい》とつき合うことができなかったばかりか、五人の恋人《こいびと》に一気に振《ふ》られてしまったのだった。

乗《の》り換《か》え案内

おれはもつれそうになる足を制御《せいぎょ》しながら、地下鉄の階段《かいだん》を駆《か》けおりた。ハンドボール部の練習で体があたたまったまま走ってきたせいで、首すじに汗《あせ》が流れ落ち、T《ティー》シャツが背中《せなか》に張《は》りつく。

電車に乗ると、ひとつだけ空いているシートを見つけて座《すわ》った。いつもより走行スピードが遅《おそ》い気がする。

四つ目の駅で、駆《か》け込《こ》み乗車をした人がいたため、閉《し》まりかけたドアが再《ふたた》び開いた。

おれは、イラッとした。

駆《か》け込《こ》み乗車なんかするな。電車が遅《おく》れるだろ！

車掌《しゃしょう》のアナウンスが響《ひび》く。

「危険《きけん》ですので、駆《か》け込《こ》み乗車はご遠慮《えんりょ》ください」

鼻にかかった男性《だんせい》の声に、はたと思う。

そういや、駅名を知らせるアナウンスも車掌《しゃしょう》の声だったな……。

この地下鉄はかつては車掌《しゃしょう》が次の停車駅名をアナウンスしていたが、いつからか女性《じょせい》の自動音声に変わっていた。

自動音声が故障《こしょう》したんだな。

電車好きだったおれは、小さいころはよく車掌《しゃしょう》のアナウンスを真似《まね》した。

今も口にこそ出さないが、無意識《むいしき》に心の中でアナウンスをしていることがある。

(次は門前仲町《もんぜんなかちょう》、門前仲町《もんぜんなかちょう》。都営大江戸線《とえいおおえどせん》は、お乗《の》り換《か》えです)

ところが、車内に響《ひび》いたアナウンスは、

「次は門前仲町《もんぜんなかちょう》、門前仲町《もんぜんなかちょう》」

「大江戸線《おおえどせん》の案内、忘《わす》れてるし」

おれが思わずつぶやくと、隣《となり》に座《すわ》っていた年配の女性《じょせい》が首をかしげた。

「大江戸線《おおえどせん》なんてないわよ」

「え、都営大江戸線《とえいおおえどせん》ですよ？」

女性《じょせい》は気の毒そうにうなずき、おれから目線をはずした。

おれ、なんか、おかしなことを言ったか？　おかしいのは、相手のほうなのに。そもそも、なんでこの人は大江戸線《おおえどせん》がないなんて、嘘《うそ》をつくんだろう。

電車がスピードを落として駅に入っていく。ホームに工事用の仮囲《かりがこ》いが見えた。

変だな。今朝《けさ》学校に行く時は、工事なんかしてなかったよな。

電車のドアが開くと、赤ちゃんを抱《だ》っこした女性《じょせい》が乗ってきた。

おれは反射的《はんしゃてき》に立ち上がり、席をゆずった。

つややかな髪《かみ》をまとめた女の人が、「ありがとうございます」と笑顔を見せる。

この人とどこかで会った気がする。どこでだろう？

女の人がシートに座《すわ》りながら言った。

「この子もお兄さんみたいになって欲《ほ》しいわ」

「いや、おれなんか……」

くちびるがふるえて言葉が続かない。

今朝《けさ》、おれは母さんに悪態《あくたい》をついた。

「勉強、ちゃんとやってるの？　試験《しけん》結果を見せてくれないけど、大丈夫《だいじょうぶ》？」

最近、母さんは口を開くたび、同じことを聞いてくる。

おれは毎回「へいきだよ」と返していたが、今朝《けさ》は無性《むしょう》に腹《はら》が立った。

「イチイチ、うっせえな。そうやって干渉《かんしょう》してくる親を、毒親っていうんだよ。毒親は、この世から消えろ！」

はき捨《す》てるように言って、家を飛び出した。

わかっている。母さんのせいじゃない。ただ、うまくいかない自分にイラついているだけだ。

高校受験で第一志望校《しぼうこう》に落ち、すべり止めの高校に入学した。いや、そもそも第一志《し》望《ぼう》というほど行きたい高校があったわけじゃない。特にやりたいこともなく、成績《せいせき》に見合った高校を受験しただけだ。

高校に入っても、やりたいことは見つからないまま。勉強もやる気になれず、成績《せいせき》はずっと低空飛行を続けている。おれとちがって、まわりはそれなりに進む道を見つけているようだ。どんどん同級生に後《おく》れをとるようで、嫌《いや》になる。おまけに二年に進級するにあたって理系《りけい》か文系《ぶんけい》かを決める期限《きげん》がせまり、あせっていた。

やつれた母さんの顔が浮《う》かぶ。加齢《かれい》のせいだろう。母さんはここ数年で目がくぼみ、頬《ほお》がこけた。以前は目の前の女の人のように、ふっくらした顔だった。そういえば、前の人は、写真で見た若《わか》いころの母さんに少し似《に》ているかもしれない。

女の人は、ぐっすりねむっている赤ちゃんを見つめた。

「この子を産んで思ったの。子どもはこの世に生まれてきただけで、十分親孝行《おやこうこう》しているなあって。親は子が元気だと、それだけで幸せなのよ。お兄さんみたいに立派《りっぱ》に育ってくれたら、親御《おやご》さんは満足でしょうね」

「いや……」

おれは首を振《ふ》った。

「おれは、まだまだ子どもです。甘《あま》えているのはわかっているけど、母さんにはまだいてもらわないと困《こま》る。おれが目標を見つけて進む姿《すがた》を見せたいんだ」

おれ、知らない人に何言ってんだ……。

涙《なみだ》が頬《ほお》をつたって、ジャージの胸元《むなもと》に落ちた。

「そうね。親の自己《じこ》満足じゃなくて、子どもの気持ちも考えないとね」

ジャージの袖《そで》で顔をこすっていると、すっと、女の人が立ち上がった。

「お兄さん、ありがとう」

女の人が電車を降《お》りる。

「あ……」

おれも降《お》りる駅だと気がつき、あわてて電車を降《お》りた。

電車から吐《は》き出《だ》された人たちで、ホームが埋《う》めつくされる。女の人は先へ行ってしまったようで、見つけられなかった。

病院のスタッフに案内されて家族控《ひか》え室に行くと、父さんが力なく座《すわ》っていた。

「今、手術《しゅじゅつ》中だ」

母さんが職場《しょくば》で倒《たお》れ、救急車で病院に運ばれたという知らせが入ったのは、部活中だった。おれはジャージ姿《すがた》のまま、電車とタクシーを使って病院まで来た。

ここに着くまで、ずっと夢《ゆめ》の中にいるようで、現実《げんじつ》のことに思えなかった。

父さんが、組んだ手をおでこにあてた。

「危険《きけん》な状態《じょうたい》らしい……」

おれは言葉を失った。

嘘《うそ》だろ。今朝《けさ》まで普通《ふつう》だったのに？

それから三時間がたったころ、手術《しゅじゅつ》を執刀《しっとう》したという医師《いし》が説明にやってきた。

「手術《しゅじゅつ》は成功しました。あとは本人の体力しだいです」

まだ安心はできないが、ひとまず母さんの命がつながっていることに、ほっとした。

おれと父さんは紙製《かみせい》のマスクとキャップをつけて、集中治療室《ちりょうしつ》に入った。

ベッドに近づくと、母さんの顔が見えた。ショートカットの髪《かみ》につやはなく、目の下に黒いくまがある。

父さんがベッド脇《わき》に立って、母さんの手を握《にぎ》った。

「お母さん、お母さん、さなえ！」

父さんが母さんを名前で呼《よ》ぶのを、初めて聞いた。

おれが「母さん」と声をかけると、母さんは途《と》切《ぎ》れ途《と》切《ぎ》れに話した。

「思い……出したの。昔《むかし》、電車で高校生に言われた……まだだって。子どもが、目標を……見つけて進むのを、見守れって」

おれは、息をのんだ。

それは、さっきの電車の中のことじゃないか？

看護師《かんごし》が母さんの手当てをしはじめたので、おれと父さんは廊下《ろうか》に出た。

おれは父さんに聞いた。

「大江戸線《おおえどせん》っていつ開通したの？」

父さんは「唐突《とうとつ》だな」と眉《まゆ》をひそめつつ、記憶《きおく》をたどるように天井《てんじょう》を見上げた。

「部分的に開通していって、全線が開通したのは……たしか、おまえが生まれて一年後くらいだったかな」

「じゃあ、門前仲町《もんぜんなかちょう》の乗《の》り換《か》えができるようになったのも、その時？」

「たぶん」

もしかして、車掌《しゃしょう》が乗《の》り換《か》え案内をしなかったのは、忘《わす》れたわけではなかったのか？

おれが乗ったのは、生まれたころの電車。おれが席をゆずったのは、若《わか》いころの母さん。そう考えると、しっくりくる。

母さんの夢《ゆめ》か、おれの思いが生んだ現象《げんしょう》か、どうしてそうなったのかはわからない。けど、まちがいない。おれは電車の中で昔の母さんに会ったんだ……。

翌日《よくじつ》、容体《ようだい》が安定した母さんは、一般《いっぱん》病室に移《うつ》った。

母さんはおれの顔を見ると、目をうるませた。

「心配かけて、ごめんね」

おれは、ぶんぶん首を振《ふ》った。

「心配をかけているのは、おれのほう。うまくいかない自分にイラついて、母さんに八つ当たりした。本気で母さんを毒親だと思ったわけじゃないんだ。……ごめん」

母さんがふっと、頰《ほお》をゆるめた。

「噓《うそ》をついても、すぐわかるわよ。何年あなたの親をやっていると思っているの」

鼻の奥《おく》がツンとした。

母さんがおれを見つめる。

「こうして見ると、電車の中で会った高校生、あなたに似《に》ていたような気がするわ」

それは、おれだよ。

という言葉は飲《の》み込《こ》んだ。

あふれそうになる涙《なみだ》をこらえるので、精一杯《せいいっぱい》だったから。

なにより、母さんはおれのために戻《もど》ってきてくれたんだと、わかったから。

嘘《うそ》つき村

若者《わかもの》は乾燥《かんそう》させた木の実を売って歩く旅に出た。生まれて初めてひとりで行く商《あきな》いの旅である。

ある時、人気《ひとけ》のない森を抜《ぬ》けると、遠くに高い石壁《いしかべ》に囲まれた村があるのが見えた。その村のほうから旅商人風情《ふぜい》の男が歩いてくる。若者《わかもの》は尋《たず》ねた。

「あそこの村に宿屋はありますか？　今夜泊《と》めてもらえそうでしょうか？」

「あの村は悪い村だ。事情《じじょう》をよく知らないと苦労をするかも……」

男は値踏《ねぶ》みするように若者《わかもの》を見た。若者《わかもの》は持っていた金貨を一枚《いちまい》男に渡《わた》す。男はうれしそうに受け取った。

「あの村は『嘘《うそ》つき村』なんだ。村人の言うことはみんな嘘《うそ》だ。まあ、あんたはかしこそうに見えるから大丈夫《だいじょうぶ》だろう」

そういえばこのあたりにギリシャ賢者《けんじゃ》の末裔《まつえい》を名乗る村があると聞いたことがある。嘘《うそ》ばかりついたり「質問は三回まで」と言って難《むずか》しい問題を出し、旅人たちを困《こま》らせるという。だから嘘《うそ》つき村に泊《と》まることができた人は「頭がいい」とまわりに自慢《じまん》できる。

「そうか、あの村が噂《うわさ》の『嘘《うそ》つき村』なのですね。ありがとうございます」

男を見送ったあと若者《わかもの》は肩《かた》にのせた荷物のヒモをぎゅっと握《にぎ》って歩き出した。

(故郷《こきょう》でオレは怠《なま》け者だ、役たたずだとバカにされていたが、本当は頭はそれほど悪くないのだ。今夜はあの村に泊《と》まってそれを証明《しょうめい》してやろう)

若者《わかもの》は村に到着《とうちゃく》した。

石壁《いしかべ》には一か所だけ出入り口があった。鉄の鋲《びょう》を打った木製《もくせい》の扉《とびら》の前には騎士《きし》が立っている。若者《わかもの》は騎士《きし》に話しかけた。

「こんにちは。もうすぐ日が暮《く》れます。今夜はこの村に泊《と》めてもらえますか」

「ようこそシンケルス村へ。ではローンゲンという男を訪《たず》ねるがいい。宿屋の男だ」

若者《わかもの》は身構《みがま》えた。

（嘘《うそ》つき村ということは、この騎士《きし》の言っていることは真実の反対。ローンゲンという男を訪《たず》ねてはいけないのだ。宿屋は反対方向かな）

若者《わかもの》は騎士《きし》が指さした広場と反対の方向へ歩き出した。

しばらくすると家畜《かちく》小屋があって道は行き止まりになっていた。どうすればいいのだろう、若者《わかもの》は近くにいる子どもにきいた。

「ローンゲンという人に会わないですむ方法は？　この村に泊《と》まりたいのだが」

子どもは首をかしげる。

「会わないですむ？　会いたくないの？　泊《と》まりたいの？」

質問《しつもん》が難《むずか》しかったようだ。嘘《うそ》つきはすぐ反対の言葉を考えなくてはならない。子どもの頭ではややこしかろう。若者《わかもの》は言い直した。

「ローンゲンさんはどこ？」

「村の西広場だよ」

若者《わかもの》は子どもに礼を言ってから、東に向かって歩き出した。

（西の反対は東だ。だまされないぞ。東に進もう）

しかし、しばらく歩いて気がついた。

（待てよ、オレはローンゲンに会ってはいけないのだ。西にいるのが嘘《うそ》ならローンゲンは東にいる。だから会わずにおこうと思ったらオレはやはり西へ向かわねばならなかったのだ。嘘《うそ》の嘘《うそ》は真実だ！）

若者《わかもの》はくるりと向きを変えると反対方向へ走り出した。西広場が見えてきたところで恰幅《かっぷく》のいい大男にぶつかった。若者《わかもの》ははじけ飛ぶ。

「あいたたたた」

「おお、すまない。大丈夫《だいじょうぶ》か？　ん？　見かけない顔だな、旅人かい？」

「あ、はい」

「ちょうどいい、オレは村に一軒《いっけん》しかない宿屋の主人ローンゲンだ。ぶつかった詫《わ》びに安くしてやろう」

ローンゲンに会ってしまった。騎士《きし》がどうしてローンゲンに会うなと言ったかわかった気がした。こんな大男なら夜中に宿泊客《しゅくはくきゃく》の財産《ざいさん》を奪《うば》うのもかんたんだろう。

「いや、結構《けっこう》。他の宿を探《さが》します」

「宿屋はうち一軒《いっけん》しかないぞ。夜に村を出ればオオカミがうようよしているし」

（嘘《うそ》つきが宿屋はここ一軒《いっけん》しかないというなら他にも宿屋はあるはずだ）

若者《わかもの》は隣《となり》の酒場へ飛《と》び込《こ》んだ。

「ここは宿屋ですか！」

「ちがうよ。宿屋は隣《となり》のローンゲンのところだ」

「ちがうってことは、ここは宿屋ですね。泊《と》めてください！」

「だからちがうってば。ダメだよ」

「ダメってことはいいんですね！　一晩《ひとばん》いくらですか？　一番安い部屋でいいです」

「は？　あんた酔《よ》ってるのかい？　泊《と》められないったら」

「ありがとう！」

若者《わかもの》は部屋がありそうな二階へ向かおうと、階段《かいだん》のある酒場の厨房内《ちゅうぼうない》へ勝手に入り怒《おこ》られた。そのあと、隣《となり》の靴屋《くつや》、八百屋《やおや》でも同じようにさわいでは追い出され、とうとう騎士《きし》に取り押《お》さえられると門の外へ投げ飛ばされた。

高い石壁《いしかべ》の上から硬《かた》いパンと毛布《もうふ》が落とされ、騎士《きし》の声が聞こえる。

「最近はさわぎを起こして金品を盗《ぬす》む輩《やから》もいると聞くからな。なあに、たいまつの真下にいればオオカミも近寄《ちかよ》るまい」

ウォォォーン。

若者《わかもの》は遠くに聞こえるオオカミの声に震《ふる》えながら考えた。たいまつの真下にいればオオカミがこないのは嘘《うそ》ではない。

朝日が昇《のぼ》るころ、若者《わかもの》はようやく理解《りかい》した。

「最初に会った旅商人が嘘《うそ》つき村の人だったんだ」

嘘《うそ》つき村どころか近くにある普通《ふつう》の村にさえ泊《と》まることができなかった若者《わかもの》は、旅をやめて故郷《こきょう》に帰ろうと心に決めた。

仮《か》想《そう》空間

「はい、スタート！」

後藤《ごとう》先生の号令で、ぼくらは画面を見て、コントローラーを動かした。

画面に映《うつ》し出《だ》されているのは、仮《か》想《そう》空間。海外の都市を模《も》したような空間は現実《げんじつ》のようで、現実《げんじつ》ではない。虚構《きょこう》の世界だ。

プレイヤーは建物に潜《ひそ》む敵《てき》を倒《たお》すと、ポイントを獲得《かくとく》できる。

シューティングゲームだが、今年から中学校ではじまった正式な授業《じゅぎょう》だ。

毎週二時間きっちり行《おこな》われ、高得点をとると、学校選抜《せんばつ》チームに選ばれて地区大会に出場できる。そこで勝つと都道府県の大会、さらに全国大会もあるという。

アバターは人間の姿《すがた》をしたアンドロイドという設定《せってい》で、いくつかある候補《こうほ》から好きなタイプを選択《せんたく》できる。ぼくが選んだのは、筋肉質《きんにくしつ》なベテラン兵士だ。

ぼくのアバターが隠《かく》れている建物から、味方のアバターがふらふらと外に出た。

隣《となり》の席の真鍋《まなべ》が「あれ？　あれ？」と、あせった声をもらす。

真鍋《まなべ》はコントローラーの操作《そうさ》が苦手だ。進みたい方向をコントローラーに置《お》き換《か》えて操作《そうさ》できないらしく、しょっちゅう迷走《めいそう》する。

すると、どこからか弾《たま》が飛んできて、真鍋《まなべ》のアバターの背中《せなか》を貫《つらぬ》いた。

「わっ、やられた！」

真鍋《まなべ》が叫《さけ》ぶ。

ぼくは弾《たま》が飛んで来た方向に向かって、銃《じゅう》を連射《れんしゃ》した。

パンパンパンパンッ！

破裂音《はれつおん》とともに、コントローラーが振動《しんどう》する。

建物の窓《まど》の向こうで、人が倒《たお》れるのが見えた。

「やった！　竹《たけ》ちゃん、サンキュー」

真鍋《まなべ》はそう言うと、ぱたっと、机《つくえ》につっぷした。

「おれは死んだから、寝《ね》る」

クラス全員のゲーム状況《じょうきょう》がわかるモニター席から、後藤《ごとう》先生が叫《さけ》んだ。

「真鍋《まなべ》、寝《ね》るな！　ちゃんと画面を見て、ほかの人の戦闘術《せんとうじゅつ》を学べ」

「え〜」

真鍋《まなべ》はめんどくさそうに、顔をあげた。

ぼくは画面を見ていたが、目の端《はし》に真鍋《まなべ》が右手の甲《こう》で鼻をこするのが見えた。本人は気づいてないようだけど、鼻をこするのは真鍋《まなべ》のくせだ。

「え〜じゃない。成績表《せいせきひょう》に評価《ひょうか》がのるんだぞ」

注意する後藤《ごとう》先生に、真鍋《まなべ》は悪びれる様子もなく質問《しつもん》した。

「こんなゲームが、将来《しょうらい》役に立つんですか？」

「状況《じょうきょう》に応じた判断《はんだん》をし、行動する能力《のうりょく》を身につけるためだ。社会に出たら、答えのない問題に立ち向かうことになるからな。とっさの判断《はんだん》をあやまらないよう、若《わか》いうちに訓練《くんれん》すべきという国の教育指針《ししん》だ」

ふたりのやりとりを聞きながら、ぼくはもうひとり敵《てき》を倒《たお》した。

授業《じゅぎょう》が終わると、真鍋《まなべ》がぼくに言った。

「竹《たけ》ちゃん、仇《かたき》をとってくれて、ありがとー」

真鍋《まなべ》はいいヤツだ。自分がうまくできなくても、ひがんだり、ねたんだりしない。うまいヤツを素直《すなお》にほめるし、お礼も言う。

「コントローラーの使い方、教えようか?」

ぼくが言うと、真鍋《まなべ》は右手の甲《こう》で鼻をこすった。

「おれ、才能《さいのう》ないみたい」

「真鍋《まなべ》は運動神経《しんけい》がいいんだから、練習すれば、うまくなるよ」

「いや、おれは他の分野でがんばるよ。今度、県の陸上競技《きょうぎ》強化合宿に参加することになったんだ。竹《たけ》ちゃんはゲームの才能《さいのう》があるんだから、どんどん磨《みが》いて、全国大会で優勝《ゆうしょう》してくれ」

真鍋《まなべ》の笑顔に、おれも笑顔で応《こた》えた。

「まあ、できるだけがんばるよ」


それから、ぼくは校内で一番の高得点を出し、地区大会に出ることになった。そこで優勝《ゆうしょう》して県大会に進み、準優勝《じゅんゆうしょう》した。

大会後、五位までの生徒が会場に残された。

青年育成省の職員《しょくいん》が前に立ち、マイクを握《にぎ》る。

「皆《みな》さんには夏休み中、ゲーム競技《きょうぎ》強化合宿に参加してもらいます」

他校の生徒が小さく手をあげた。

「あの、全国大会じゃないんですか?」

「全国大会と聞きましたか? まあ、全国から優秀《ゆうしゅう》な生徒が集《つど》うという意味では、全国大会と言えなくもないか。皆《みな》さんは選ばれた若者《わかもの》です。さらに才能《さいのう》を磨《みが》いてください」

「優秀《ゆうしゅう》」「選ばれた」という言葉が、耳に心地いい。

よし、がんばるぞ。もっと腕《うで》を磨《みが》いてやる！

夏合宿には、全国から二百三十五人の中学生が参加した。

青年育成省管理のもと、プロゲーマーから戦術《せんじゅつ》を学び、さらに判断力《はんだんりょく》と技術《ぎじゅつ》を磨《みが》く。

そうして二週間がたったころ、青年育成省の職員《しょくいん》が言った。

「明日から交代制《こうたいせい》で行《おこな》います」

二十人ほどでチームを組み、二時間ずつ交代でゲームを行《おこな》うという。

「ただし、当番中の二時間はトイレ休憩《きゅうけい》もありませんし、離脱《りだつ》もできません。自分のアバターが死んだら、すぐに新しいアバターを設定《せってい》して闘《たたか》ってください」

他校の生徒が手をあげた。

「パソコンのトラブルが起きた場合は、どうしたらいいですか？」

「なにか問題が起きたら、ヘッドマイクで話してください。職員《しょくいん》が対応《たいおう》します」

その後、チーム分けが発表され、ぼくは午前七時から九時までゲームを行《おこな》うことになった。

翌朝《よくあさ》、ぼくは午前五時に起きた。起きてすぐは判断力《はんだんりょく》が低下しているので、ゲーム開始二時間前には起きるよう指示《しじ》されたからだ。

食堂《しょくどう》で軽い朝食をとり、パソコンルームに行く。七時までのチームがゲームをしている隣《となり》のブースでヘッドホンをつけ、ゲームにログインして合図を待った。

ゲーム内の待機場所は、建物に取りつけられたカメラで映《うつ》している設定《せってい》なので、アバターの様子が見える。

アバターはヘルメットにゴーグルをつけているので顔は見えないが、これまでのアバターよりリアルだった。3D《スリーディー》映像《えいぞう》の解像度《かいぞうど》が上がったのか、動きがとてもスムーズだし、ぼくが操作《そうさ》してないしぐさも表現《ひょうげん》されている。

ダーン、ダーン、ドーン！

すぐ近くで激《はげ》しい戦闘《せんとう》が行《おこな》われているらしい。ヘッドホンから爆発音《ばくはつおん》が響《ひび》き、コントローラーに振動《しんどう》が伝わってきた。

ぼくのアバターは緊張《きんちょう》しているようで、肩《かた》で息をしている。ふと、銃《じゅう》を膝《ひざ》に置き、右手の甲《こう》で鼻をこすった。

このくせ……。

その時、七時の時報《じほう》が鳴り、「ゴー！」とヘッドホンに合図が響《ひび》いた。

待機場所から外に出たとたん、映像《えいぞう》はアバターの目線に切り替《か》わった。砂《すな》ぼこりが舞《ま》い、クリーム色の建物が並《なら》んでいる。

銃声《じゅうせい》が近づいてくる。

ぼくはコントローラーを操作《そうさ》し、建物のかげから銃《じゅう》を撃《う》ちに出た。

パン、パン、パン！

敵《てき》がバタバタと倒《たお》れていく。

ヒュンッ。

敵《てき》の弾丸《だんがん》が、アバターのヘルメットをかすった。

急いで待機場所まで退避《たいひ》する。映像《えいぞう》が切《き》り替《か》わり、アバターの姿《すがた》が映《うつ》し出《だ》された。

苦しそうに息をしながら、アバターがくもったゴーグルをあげた。

「あ……」

ぼくは、ヘッドマイクに叫《さけ》んだ。

「変です。ぼくのアバター、クラスメイトにそっくりなんです！」

「クラスメイト？　まずいな。ミスだ」

「えっ？」

「しかたない。説明しよう。これはゲームではなく、現実《げんじつ》に行《おこな》われている戦争だ。国際《こくさい》法《ほう》で、ロボットの戦闘《せんとう》使用が禁《きん》じられているのは知っているね？」

そういえば、聞いたことがある。国際会議で、ロボットに人間を殺すようプログラムするのは禁止《きんし》されたと。ロボットの暴走《ぼうそう》で人類が滅亡《めつぼう》する可能性《かのうせい》がゼロではないためだ。

「そこで、人間の脳《のう》にチップを埋《う》め込《こ》み、戦闘行為《せんとうこうい》だけをコントロールできるようにしたのだ。戦術《せんじゅつ》や判断力《はんだんりょく》に優《すぐ》れた人間が操作《そうさ》すれば、いい結果が出せるだろう？」

「そんな……。じゃあ、ぼくは今、友だちをコントロールしているんですか？」

「本来は平常心《へいじょうしん》を保《たも》つために、操作側《そうさがわ》には本当の戦闘《せんとう》であることは伝えないし、知り合い同士を組ませないようにしていたのだが、設定《せってい》ミスが起きたようだ」

ぼくは、ゆっくり首を横に振《ふ》った。

「嫌《いや》……だ。こんなのやりたくない」

「それはできない。きみが今投げ出したら、アバターは死ぬよ。現場《げんば》に投入されているのは、単に運動能力《のうりょく》が高いだけの生身《なまみ》の人間だからね。きみはコントロール側に選ばれたんだ。アバターを生かすも殺すも、きみしだいだ」

「くそっ」

ぼくはぐっと、歯をくいしばった。

真鍋《まなべ》をぜったいに死なせない。無傷《むきず》で脱出《だっしゅつ》させてみせる！

ぼくはコントローラーを握《にぎ》り直し、画面をにらみつけた。

嘘《うそ》つきな彼女《かのじょ》

「待った？」と聞くと「待って**ない**」と返す。それに対して「ごめんごめん」と謝《あやま》る。

そんなちぐはぐな会話が、シンヤとナオのいつものやりとりだった。

通称、嘘《うそ》つき症候群《しょうこうぐん》。思ったことと反対のことしか言えなくなってしまう珍《めずら》しい病気にナオは悩《なや》まされている。

「つき合ってください！」

「**いいよ。**私嘘《わたしうそ》つき症候群《しょうこうぐん》**じゃない**から」

当時は病院の待合室で何度か出会っただけの関係だった。シンヤは骨折《こっせつ》で入院していた母親のお見舞《みま》いに来ており、ナオは病状《びょうじょう》の報告《ほうこく》のため、週に一回の通院をしているところ。そんな折のシンヤのひと目惚《ぼ》れだった。

ナオは病気のこともあってシンヤからの告白を断《ことわ》るつもりだった。だが、何度も告白を続けるシンヤの熱意にほだされ、ナオも恋人《こいびと》になると決めたのだ。

恋人《こいびと》になって一か月がたち、勇気を出してシンヤはナオをデートに連れ出した。

待ち合わせ場所である駅前の銅像《どうぞう》を横に、シンヤは笑顔で切り出す。

「初デート楽しみだね、ナオ」

だが、そんなシンヤと正反対なそっけない言葉でナオは返した。

「楽しみ**じゃない**よ」

シンヤはデートに舞《ま》い上《あ》がっていたので、ナオのふだん通りの返しにブレーキをかけられた気分になる。しかし、シンヤはナオの姿《すがた》を見てその考えを改める。

ふんわりとした白のワンピースにサラサラのロングヘア。そう、ナオはとびきりおしゃれをしているのだ。

「じゃあまずは、ランチにでも行こうか？」

シンヤは二週間前から悩《なや》みに悩《なや》んだデートプランを心の中でくり返して、まずは近くにあるおしゃれなパスタ店のランチに向かう。値段《ねだん》も手ごろでしかもおいしい食事が食べられたなら、夕方までのデートプランもきっとうまくいくはずだ。

「こうやってふたりで外出すると楽しいね。パスタもおいしいし」

「楽しく**ない**。このパスタも**まずい**」

「えっ……あぁ、楽しんでもらえたならよかったよ」

食事を終えると、次はショッピング。駅前のショッピングセンターで、日用品を見たり、マッサージチェアに座《すわ》ってみたりしてウインドウショッピングを楽しむ。施設《しせつ》にはアパレルショップもあり、青紫色《あおむらさきいろ》のブラウスを着たナオが試着室から出てきて、シンヤの前に現《あらわ》れた。

「こういうの、私《わたし》に**似合《にあ》う**よね」

「うん……じゃなくて、ナオに似合《にあ》ってると思うよ！　色合いがすごいっていうか」

「なんだか**ぴったり**なたとえだけど……。じゃあ、買**わない**かな」

ナオはバッグから財布《さいふ》を取り出すと、レジに並《なら》んで店員さんに言った。

「この服、お願いしません」

すかさずシンヤは「買います！」とフォローする。店員さんはほんの一瞬《いっしゅん》だけ眉《まゆ》をひそめたが、何事もなかったように会計を済《す》ませてくれた。

それから、ショッピングセンターを出てすぐの雑貨屋《ざっかや》さんに向かう。

「ねぇねぇシュウ、このゆるキャラかわいくない？」

「えー。なんだよこのブサイクなの」

「ブサイクなのがいいんでしょー。シュウわかってないよ」

隣《となり》のカップルの会話を聞きながら、シンヤもゆるキャラを手に取ってナオに見せる。

緑色の丸っこいキャラクターで、目がなぜか死んでいる外見。名前は『仕事に疲《つか》れたツカチャン』。ツカチャンは仕事に疲《つか》れて常《つね》に緑色なのだと店頭のポップに書いてある。

「これ、一緒《いっしょ》につけてみる？　スマホとかにさ」

そう提案《ていあん》したシンヤだったが、ナオは「つける。私《わたし》のスマホ、ストラップつけるところがあるから」と断《ことわ》るのだった。

デートのしめくくりに向かったのは映画《えいが》館だ。シンヤのデートプランによると、話題の恋愛映画《れんあいえいが》を見ることになっていた。

まわりを見ると、多くのカップルが座《すわ》っている。映画《えいが》のスクリーンからの光で照らされた観客たちは、ある人は泣き、ある人はほほ笑ましげに見守っている。みんなに共通しているのは、だれもが幸せそうにしていることだ。

……俺《おれ》はナオと、この楽しい気持ちを共有できてるんだろうか。

シンヤはふいに、自分ひとりが空まわりしているんじゃないかという気持ちになった。

必死でデートプランを考えてきて、いろんなことを提案《ていあん》して……。でも、デートは盛《も》り上《あ》がりに欠けるし、ナオは自分の気持ちをあまり表現《ひょうげん》してくれない。

映画《えいが》は感動のラストを迎《むか》えたが、シンヤはそのことが原因《げんいん》で内容《ないよう》に集中できなかった。

映画《えいが》館を出て駅に向かうと、入念《にゅうねん》に準備《じゅんび》したデートプランもこれでおしまいだ。

「今日は本当に楽しかったね。ありがとう、ナオ」

「私《わたし》も楽し**くなかった。**来**ないほうが**よかったよ」

しばらく、沈黙《ちんもく》が流れた。シンヤは覚悟《かくご》していたものの、ナオの言葉をきちんと受け止められず、表情《ひょうじょう》をぴくりとも動かせない。そんな様子を見ていたナオは、「またね」と言ってくるりと背《せ》を向ける。シンヤもあわてて「あ……うん。また連絡《れんらく》するよ」と答えて、改札に向かうナオを見送った。

帰宅《きたく》してすぐ、シンヤはリビングのソファに寝転《ねころ》がりながらその日の反省会をする。

「またね」……ナオが去り際《ぎわ》に言った言葉が、どうしても忘《わす》れられない。

嘘《うそ》つき症候群《しょうこうぐん》を抱《かか》えていたナオのことだ。きっと「またね」には、言葉の裏《うら》がある。

またね……の反対は、いったいなんだろう？

しばらく考えて、ふいに気づく。**また会おうね**、の反対は……もう会わない、だ。

「うそ……だよね⁉」

思い切り立ち上がると、ソファの革《かわ》がギュウウと不快《ふかい》な音を立てた。

心臓《しんぞう》がばくばく鳴っている。シンヤはスマホを急いで手に取るとナオに電話をかける。

呼《よ》び出《だ》し音が何度か鳴って、止《や》む。シンヤは待ちきれず、すぐに声をあげた。

「ナオ……今日の帰りのことだけど……！」

だが、電話の相手はナオではなかった。

「おかけになった電話番号への通話は、お客様のご希望によりおつなぎできません」

着信拒否《きょひ》のメッセージ。思わず、握《にぎ》ったスマホに力が入る。

「そんな。どうしてあの場で気づかなかったんだ……」

シンヤはナオに『このメッセージを見たらすぐに電話して』とメッセージを残し、スマホをポケットに入れると、スニーカーを履《は》いて家を飛び出した。

ナオがどこにいるのかなんてわからない。でも、今すぐに行かないと二度とナオには会えないような気がした。

シンヤは日が落ちて暗くなった道を走る。息が切れて、自分がどこにいるのかもわからずに駆《か》けていく。

「どこ行ったんだよ……」

ここに来て、シンヤはほとんどナオのことを知らないことに気がついた。ナオとは病院で週に一回会うくらいで、あとはSNS《エスエヌエス》やスマホでしか連絡《れんらく》を取り合わないから居所《いどころ》がまったくつかめない。せいぜい最寄《もよ》り駅を知っているくらいだ。その駅まで走ったが、ナオの姿《すがた》はなく、いよいよ探《さが》す当てがなくなった。

「やっぱり、俺《おれ》にはナオのことを好きになる資格《しかく》なんてなかったのかな……」

たった半日前には、ここでずいぶんと浮《う》かれていたっけ。シンヤはそのことが、はるか昔《むかし》のように感じられる。デートのことだけじゃない、ナオと出会った日のこともだ。

……病院に行こう。シンヤは、自分でもどうしてそう思ったのか理解《りかい》できなかった。でも、ナオとの接点《せってん》はそこくらいしか残ってないのだ。すがる思いで病院に足を向ける。

「入院してない人は、この時間にはいないわよ」

当直の看護師《かんごし》さんの言葉に落《お》ち込《こ》んで、シンヤは病院の玄関《げんかん》から出て行く。夜の風は頭を冷やすのには充分《じゅうぶん》だった。ナオとはもう、二度と会えないんだ。

真っ暗な病院前の道をとぼとぼと歩く。シンヤは自分がどうしてナオのことが好きだったのか、わからなくなってしまっていた。

「ナオも嫌《いや》だったのかな。まわりのカップルが正直に話し合えてたのが……」

ナオはデートの最中、かすかに笑っていた。でも、愛想笑いだったのかもしれない。

シンヤがすべてをあきらめかけたその時、スマホのバイブレーションが揺《ゆ》れ動いた。

何度も、何度も。ひと言ずつ送信しているのか、鳴る。

『嫌《きら》い』『嫌《きら》い嫌《きら》い嫌《きら》い』『嫌《きら》い!』『嫌《きら》いだよ!』

「え……?」

まちがいない。ナオからのメッセージだ。だけどどうして、このタイミングで?

シンヤが戸惑《とまど》っている最中も、メッセージは届《とど》けられる。

『ここにはいないよ。後ろ、見ないで』

思わず、シンヤは振《ふ》り返《かえ》る。

そこには泣きはらして目を真っ赤にしたナオが、立っていた。

「私《わたし》、疲《つか》れて**てない**。**正直でいつづけるの、かんたん**だから」

「ナオ……病院に来てたんだ」

「ここしかないって思**わなかった**。シンヤと、私《わたし》が初めて会**わなかった**場所……」

ナオは最後まで言わず、ただ首を振《ふ》る。言葉に出したら、また嘘《うそ》をついてしまうから。

シンヤもそんなナオのそぶりを見て、何も言わずにうなずいた。

「ごめん。俺《おれ》、ナオのことをちゃんと信じるから……まだナオと恋人《こいびと》でいたい」

「**もう**私《わたし》と、恋人《こいびと》でいた**くない**の？」

「あはは。どういう意味かわかんないよ。でも、たぶん大丈夫《だいじょうぶ》」

「大丈夫《だいじょうぶ》……？」

「うん。自分でもよくわからないけど、そんな気がする。……ナオのこと、好きだから」

ナオはきっと、これからも嘘《うそ》をつく。

だからシンヤは、嘘《うそ》までひっくるめてぜんぶ愛そうと思った。

一歩、一歩と進んで、身体《からだ》の触《ふ》れるくらい、近くに立って。

シンヤとナオは、嘘《うそ》のない口づけを交わした。

執筆担当

木野 誠太郎（きの せいたろう）

広島県出身。ゲーム会社勤務のシナリオライターとして『あんさんぶるガールズ!!』（Happy Elements株式会社）他、青春・ファンタジージャンルのシナリオを執筆し好評を博している。2016年、『東京ザナドゥ』（PHP研究所）にて作家デビュー。

たかはし みか

秋田県出身。小中学生向けの物語を中心に、伝記や読み物、教科書など幅広い分野で活躍中。近著に、「もちもちぱんだもちっとストーリーブック」シリーズ『おうちにもちぱんがやってきた!』『もちぱん探偵団』『もちぱんのヒミツ大作戦』（以上、学研プラス）などがある。

ささき あり

千葉県出身。『おならくらげ』（フレーベル館）で第27回ひろすけ童話賞受賞。『ぼくらがつくった学校』（佼成出版社）で第3回児童ペン賞　ノンフィクション賞受賞。ほかに『アナグラムで遊ぼう　けんじのじけん』（あかね書房）などがある。

萩原弓佳（はぎわら・ゆか）

大阪府出身。2014年、第16回創作コンクールつばさ賞童話部門優秀賞受賞。2016年、受賞作品『せなかのともだち（原題「はじめての握手」）』（PHP研究所）でデビュー。同作で第28回ひろすけ童話賞受賞。日本児童文芸家協会会員。童話サークルわらしべ会員。

装丁・本文デザイン・DTP　根本綾子
カバー・本文イラスト　吉田ヨシツギ
校正　みね工房
編集制作　株式会社童夢

3分間ノンストップショートストーリー
ラストで君は「まさか!」と言う　たったひとつの嘘《うそ》

2018年7月5日　第1版第1刷発行

編　者　PHP研究所
発行者　瀬津　要
発行所　株式会社PHP研究所
東京本部　〒135-8137　江東区豊洲5-6-52
児童書出版部　TEL 03-3520-9635（編集）
児童書普及部　TEL 03-3520-9634（販売）
京都本部　〒601-8411　京都市南区西九条北ノ内町11
PHP INTERFACE https://www.php.co.jp/
印刷所・製本所　凸版印刷株式会社

ISBN978-4-569-78770-1

NDC913　191P　20cm